回って回って回り疲れて
息が息が止まるの
君に辿《たど》り着けないままで

君の中で　きっと僕は
道化師なんでしょ――
藍山美紅《あおやま・みく》
南山《みなみやま》高校1年。
美術部に入る。
悠人に片想い。

信じられなくて
信じたくなくて
月島悠人《つきしま・ゆうと》
南山《みなみやま》高校３年。
絵に真剣だが、
過去に何かが…？

もうやめた　ここで君を待つのは

からくりピエロ

40mP

20517

角川ビーンズ文庫

目次

『初音ミク』とは、クリプトン・フューチャー・メディア株式会社が、2007 年 8 月に企
発売した「歌を歌うソフトウェア」であり、ソフトのパッケージに描かれた「キャラ
ター」です。発売後、たくさんのアマチュアクリエイターが『初音ミク』ソフトウェ
を使い、音楽を制作して、インターネットに公開しました。また音楽だけでなく、イ
ストや動画など様々なジャンルのクリエイターも、クリプトン社の許諾するライセン
のもと『初音ミク』をモチーフとした創作に加わり、インターネットに公開しまし
その結果『初音ミク』は、日本はもとより海外でも人気のバーチャル歌手となりまし
3D 映像技術を駆使した『初音ミク』のコンサートも国内外で行われ、その人気は世
レベルで広がりを見せています。

「からくりピエロ」は、楽曲「からくりピエロ」を原案としています。
『初音ミク』の公式の設定とは異なります。

WEBサイト
http://piapro.net

口絵・本文イラスト／たま

プロローグ

時計台の針は十七時を指している。

（待ち合わせは二時間前……ここにひとり……）

美紅《みく》はハンドバッグを握《にぎ》りしめ、広場を見渡《みわた》した。

たくさんの人が大切な誰《だれ》かと待ち合わせ、うれしそうにそれぞれの目的地へ歩いていく。

空は晴れ渡り、ポッリと浮《う》かんだ白い雲が美紅を見おろしている。

街ゆく人、流れる雲。

目に映るすべてが、自分のことを嘲笑《あざわら》っているような気がした。

頭の中にさみしいメロディーが流れてくる。

あの日見つけたオルゴールの音色。

ゼンマイを巻くと、木箱の上をくるくると回り出すピエロの人形。

どこにもたどり着けず、ただ同じ場所で回り続けるその姿は、今の自分にそっくりだ。

（それが答えなんだよね？　悠人《ゆうと》先輩《せんぱい》――……）

目を閉じて問いかけると、美紅は広場の出口に向かってゆっくりと歩き出した。

第一章

四月。川沿いに所せましと並んだソメイヨシノの木々は満開をむかえ、人々は足を止めてその美しさに目を奪《うば》われていた。川の水面《みなも》は花びらのピンクで覆《おお》われ、コンクリートに囲まれた無機質な水路を鮮《あざ》やかに彩《いろど》っている。

ピッポ。


時計から飛び出したかわいらしいハトが七時三十分を告げる。

「あっ、やば！　もうこんな時間！　急がなきゃ！」

鏡の前で髪《かみ》の毛を整えていた美紅は、あわてて鞄《かばん》を手に取り部屋を飛び出した。

「あら、高校生になったらおさげはやめるんじゃなかったの？」

階段をあわただしくかけ下りてくる美紅に、母親がからかうように問いかける。

「だって、凜《りん》がこの髪型《かみがた》が一番似合ってるって言うんだもん！」

幼稚園《ようちえん》の頃《ころ》からずっとツインテールだった美紅は、高校に進学したら大人っぽい髪型に変える、と家族に宣言していた。しかし、思い悩《なや》んだ結果、見慣れたいつもの髪型に落ち着いたのだった。

「はいはい。ハンカチ、食卓《しょくたく》に置いてあるから忘れないようにね」

「あ、そうだった。ありがとう！」

美紅がハンカチを取りにいくと、父親が朝ご飯を食べているところだった。

「お父さん、いってきます！」

「うん、気をつけていってらっしゃい」

父親はテレビのほうを向いたままそっけなくこたえた。

ひとり娘《むすめ》の記念すべき高校初日くらいもう少しきちんと送り出してくれてもいいのに、と思いながらも父の寡黙《かもく》さを知っている美紅は「いってらっしゃい」の一言が聞けただけで満足だった。

テレビに映し出された朝の情報番組では、来年の五月に日本で観測されるという金環《きんかん》日食の話題がいち早く取り上げられている。先月、日本が大きな地震《じしん》に襲《おそ》われてからは災害に関するニュース一色だっただけに、その天体ショーの話題はとても新鮮《しんせん》に感じられた。

家の外へ出ると、暖かな陽射《ひざ》しの中にひんやりと冷たい風が吹《ふ》いていた。

つい先週まで道行く人々は厚手のコートを身にまとっていたが、今日はほとんどの人がスプリングコートやジャケット姿に様変わりしていて、心なしか足取りも軽くみえる。

桜の木が立ち並ぶ川沿いは、夏は蟬《せみ》や蚊《か》が多く、大雨が降ると水位が上昇して氾濫しないか心配になるためあまり好きではなかったが、桜が見頃《みごろ》をむかえるこの季節はここに住んでいてよかったと思える。

今日は県立南山《みなみやま》高校の入学式。

晴れて高校生になる美紅は新品の制服に身を包み、これから始まる新しい生活に思いを馳《は》せながら歩きはじめた。買ったばかりのローファーのせいか、歩き方が少しぎこちない。

どんな出会いがあるだろう？

友達できるかな？

勉強ついていけるかな？

正直なところ、楽しみよりも不安のほうが少し勝っている。

見上げると、突《つ》き抜《ぬ》けるような空の青さを背景に、咲《さ》き乱れる桜の花が視界を埋《う》めつくした。

「綺《き》麗《れい》……」

思わず声に出てしまうほどの美しさ。

この桜の木は毎年変わらず、春が来る度《たび》に綺麗な花を咲かせている。

どんなに寒い冬がきても、どんなに大きな嵐《あらし》がきても、変わらずに。

きっと、来年この道を歩いている頃には、今抱《かか》えている不安なんてすっかり忘れてしまっているんだろう。

そう考えると、なんだか少しだけ心が軽くなる気がした。

美紅はさっきよりもしっかりとした足取りでふたたび通学路を歩き出した。

幹線道路をこえてしばらく歩くと、見慣れたコンビニの看板が見えてくる。

「美紅っ！」

コンビニの駐車場《ちゅうしゃじょう》で美紅に向かって大きく手をふるのは親友の凜だった。

凜とは中学からの付き合いで、美紅と同じく南山高校の新入生だ。

「凜、おはよう！」

「おはよ！　美紅、制服すっごく似合ってる！」

「ありがと！　凜もかわいいよ！」

大好きな凜の顔をみたことで、美紅がさっきまで抱《いだ》いていた不安はすっかり消えてしまっていた。

「ねえ、私たち同じクラスなんて幸運すぎじゃない!?　私が南高に受かっただけでも奇跡なのに。神様ありがとうございます！」

凛は目を輝《かがや》かせながら天に祈《いの》るポーズをしてみせた。

学校からの通知で、凛と同じクラスになることは美紅も知っていた。かなりの人見知りで奥手な美紅にとってクラス分けは死活問題であり、その通知は合格発表と同じくらいの吉報《きっぽう》だ。

そして、自分と同じように凛も喜んでくれていることがうれしくてたまらなかった。

「そうだね。神様ありがとうございます！」

美紅も凛のポーズを真似《まね》して空を仰《あお》いだ。

雲ひとつない空。

本当にどこかで神様が見ているような気がしてくる。

二人は顔を見合わせて微笑《ほほえ》んだ。


美紅と凛が住む街から電車で二十分ほど揺《ゆ》られると、南山高校の最寄《もよ》り駅に到着《とうちゃく》する。

駅から高校までは十分ほど歩くことになる。

学校が近づくにつれて、周囲には美紅たちと同じ制服を着た生徒が増えてきた。新入生と思《おぼ》しき生徒たちは皆《みな》一様にその初々《ういうい》しい表情の中に緊張感《きんちょうかん》を宿らせていた。

そして、美紅たちがこれから三年間通う学び舎《や》が見えてくる。

南山高校は県内ではトップクラスの進学校だ。歴史ある学校ゆえに建物は年季が入っているものの、綺麗に手入れされた樹木や花壇《かだん》のおかげで校舎は明るい印象を放っている。敷地《しきち》面積は広く、グラウンドや体育館の他《ほか》にもテニスコートやバスケットコート、道場や茶《さ》道《どう》小屋、弓道《きゅうどう》場まで完備されており、学業だけでなく部活動も盛んだ。

「せーのっ！」

美紅と凜はかけ声を上げて同時に校門の敷居《しきい》をまたいだ。

「高校生活のはじまり！」

高らかに言いながら、凜は校舎を目指して軽快に歩き出した。

うれしそうな凜の後ろ姿を見て小さく微笑み、追いつこうと足を踏《ふ》み出す。

そのとき——。

「いたっ！」

美紅の背中に何かがぶつかった。すかさず横から声が聞こえてくる。

「ごめん……大丈夫《だいじょうぶ》だった？」

顔を上げると、そこには一人の男子生徒が立っていた。

澄《す》んだ瞳《ひとみ》の端整《たんせい》な顔立ち。黒い布ケースに覆われた大きな板状のものを肩《かた》にかけている。

美術の画材だろうか？　これが美紅の背中にぶつかったようだ。


「は、はい。大丈夫です……軽くあたっただけなので」

吸い込まれるような彼の瞳に映る自分に気づき、とっさに目をふせる。

「よかった……本当にごめん」

男子生徒はもう一度頭を下げると、校舎に向かって歩いていった。

その後ろ姿を美紅はしばらく眺《なが》めていた。

凛が美紅にかけ寄ってくる。

「美紅、どうしたの？　今の誰《だれ》？」

「ううん、何でもない！　さ、早くいこ！」

凛を促《うなが》し、美紅は校舎に向かって歩き出した。

男子生徒の姿はもう見えなくなっている。


なぜだろう？

今にも泣き出しそうな彼の目が、美紅の脳裏《のうり》に焼きついて離《はな》れない。

二人は靴《くつ》を履《は》きかえ、プレートに「一年四組」と書かれた自分たちの教室に到着した。

この扉《とびら》の向こうに知らない人がたくさんいる。

そう考えると急に鼓動《こどう》のペースが速くなってきた。

そんな美紅の心情を知ってか知らずか、凜は何のためらいもなく扉を開け放つ。

「おはようございまーす！」

笑顔《えがお》で挨拶《あいさつ》しながら堂々と入っていく凜に続いて、美紅も教室に足を踏み入れた。

他の新入生たちも笑顔で凜と美紅に挨拶を返す。

(凜と同じクラスじゃなかったら、扉の前で引き返してたかも。神様、本当にありがとうございます)

美紅は心の中でもう一度小さく祈った。

幸いなことに、クラスの顔ぶれは落ち着いた面々が多く、美紅は自分と近い席のクラスメイトとは挨拶を交《か》わすことができた。人見知りな美紅としては充分《じゅうぶん》すぎるほどだ。

凜はというと、下校するまでにはクラスの全員と会話し、早くも名前と顔を覚えてしまったらしい。

息をつく間もなく、高校生活の初日はあわただしく過ぎていった。

ホームルームを終えると、美紅と凛は帰り支度《じたく》をして教室を後にする。

「式典のときの校長先生の話長すぎだよねー。私、途中寝《とちゅうね》ちゃったよ」

あくびをしながら凛が言う。

「えっ！　凛、寝てたの？　入学初日から勇気あるね……」

「だって、同じような話、何回もくり返してたよ⁉　美紅だって眠《ねむ》かったでしょ？」

たしかに校長先生の話は長く、しかも「若いうちは夢中になれる何かを見つけることが大事」という内容を少なくとも三回はくり返していた。

「んー……まあ、ちょっとね」

「でしょー」

苦笑いで同調する美紅に、凛はニヤリと笑ってみせた。


「ねえ、君たち！　ちょっといいかな！」

突然《とつぜん》呼び止められ、体を強《こわ》ばらせる。

しまった——。

校長先生の悪口を言っているのを誰かに聞かれたのだろうか。

おそるおそるふり返ると、体操着姿の男子生徒が仁王《におう》立ちになって行く手をふさいでいた。

「え、わ、私たちですか？」

「僕はクライミング部の二年なんだけど、君たちボルダリングに興味あるかい？」

「ボル……リング？」

とまどう美紅たちを気にもせず、男子生徒は二人に歩み寄りながら熱く語りかける。

「簡単に言うと、数メートルの高さの壁《かべ》をよじ登っていく競技さ。いずれオリンピックの公式種目になるとも言われている」

「は、はあ……」

「とにかく、百聞は一見にしかず。体育館に新入生向けのコースを用意しているから、君たちも体験してみないかい？　ああ、怖《こわ》がる必要はない。初心者でも安心して楽しめるように万全《ばんぜん》の――」

男子生徒は話しながら美紅の手をつかんで連れていこうとする。

「ごめんなさい！　私たち急いでるので！」

次の瞬間《しゅんかん》、凜が美紅の手を引いて一目散に逃《に》げ出した。

廊下《ろうか》をかけ抜《ぬ》けて階段の踊《おど》り場までたどり着くと、二人はひと息ついた。

「ああ、びっくりした。私たち、危《あや》うく無理矢理《むりやり》連れて行かれるところだったよ」

凜は男子生徒が追ってこないか周囲を警戒《けいかい》しながらつぶやく。

「凜、助けてくれてありがと。そっか、部活の勧誘《かんゆう》だったんだね」

息を切らしながら踊り場を見回すと、壁のあちこちに部活の勧誘チラシが貼《は》られていた。

野球部、サッカー部、バスケ部、バレー部、放送部、茶道部、吹奏楽部《すいそうがくぶ》……。

大きな書体でシンプルに「新入部員求む！」と書かれたもの。

イラストをちりばめてかわいらしくレイアウトされたもの。

どのチラシからもそれぞれの部活の個性が感じられた。

あらゆる部活にとって、今は新入部員を確保するための大事な時期なのだ。

「部活かー。美紅は何か入るの？　中学と同じバスケ部？」

凜は階段に腰《こし》かけながらたずねた。

「ううん。バスケは中学までって決めてたから。今はまだ何も考えてないや」

中学時代のことを思い返してみる。

バスケ部での三年間、欠かさず練習に励《はげ》んできたが、強豪校《きょうごうこう》だったためなかなかベンチ入りできず、公式戦に出場する機会をほとんどもらえなかった。

そのため、美紅の中で部活はがんばっても報《むく》われない場所というイメージができてしまっている。

「まあ、まだ高校生活はじまったばかりですから。ゆっくりやりたいこと見つけていけばいいよね。校長先生もそう言ってたし」

凜はいたずらっぽく微笑《ほほえ》んだ。

「寝てたくせに何偉《えら》そうに言ってるのよー」

美紅は笑いながら凜の頭を小突《こづ》く。

そこから下駄箱《げたばこ》にたどり着くまでの間、美紅と凜は様々な部活の勧誘を受けた。ラクロス部、アーチェリー部、囲碁《いご》部、漫画《まんが》研究会……凜のおかげでどれもうまくやり過ごし、二人はようやく下駄箱に到着《とうちゃく》する。

「や、やっと着いた……」

美紅の肩《かた》にもたれかかる凜は、まるでフルマラソンを完走した後のように疲《つか》れきっている。

「どの部活も必死すぎて警戒しちゃうよね……」

勧誘を断ってきた生徒たちを思うと、少しだけ心が痛んでしまう。同時に、誰かに必要とされることにあまり慣れていない美紅は、強引《ごういん》とはいえ誘《さそ》ってもらえることを内心うれしくも感じていた。

「部員が少ないとこは新入部員が入らなかったら廃部《はいぶ》になっちゃうかもしれないしね。必死になる気持ちもわからなくはないけどさー」

凜がそう言いながら自分たちのクラスの下駄箱に向かって歩き出したとき、またもや背後から声が聞こえてきた。

「失礼ですが、新入生の方ですか？」

二人がふり返った先にいた声の主は、眼鏡《めがね》姿のいかにも優《やさ》しそうな男子生徒だった。腕《うで》に抱《かか》えたチラシの束から、彼も部活の勧誘要員であることがわかる。

「僕は美術部三年の飯田《いいだ》陽平《ようへい》と申します。今、美術室でデッサンの体験会をやっているのですが、もしお時間あればいかがですか？」

これまでの部活の勧誘とは違《ちが》い、物腰《ものごし》柔《やわ》らかく控《ひか》え目な口調が新鮮《しんせん》に感じられた。

美術部と聞いて、今朝校門で出会った男子生徒の姿が美紅の頭をよぎる。

返事に困っている美紅の前に立ち、凜はきっぱりとふるまった。

「お誘いありがとうございます。あいにく私たち急いでいるので、申し訳ありませんが今日はお断りさせていただきます。それでは……」

丁重《ていちょう》に断ると、凜は手際《てぎわ》良く靴《くつ》を履《は》きかえはじめる。

「そうですか……残念です。それじゃ、また次の機会にぜひ」

飯田は少し悲しげな表情で返答した。

他《ほか》の部活はあきらめずにしつこく食い下がってきていただけに、大人しく引き下がられると逆に罪悪感をもってしまう。

美紅は申し訳ない気持ちになりながら、飯田に軽く頭を下げると急いで靴を履きかえた。

「なんだかちょっと悪いことしちゃったかな……？」

先に歩き出した凜に追いついて耳打ちする。

「いいのいいの。自分で入る部活くらい自分で調べて決めるんだから」

凜はふり返ろうとする美紅を制した。


二人が下駄箱から立ち去ろうとしたその瞬間――。

下駄箱のほうでドシン！　と何かが倒《たお》れる音がした。

驚《おどろ》いてふり向くと、そこには倒れてうずくまる飯田の姿があった。

人が倒れている――。

その光景を目の前にして、すぐに事態を理解することができない。

「え、え、うそ⁉」

「う……うう……」

うめき声を聞いた美紅と凜は、あわてて飯田のそばにかけ寄る。

「ど、どうしたんですか！　大丈夫《だいじょうぶ》ですか⁉」

「お、お腹《なか》が……痛い……」

美紅の問いかけに、飯田はかすれた声でこたえた。腹部を両手でおさえ、顔色は真っ青になっている。

「大変、保健室に連れていかなきゃ！」

「で、でも保健室ってどっちだっけ⁉」

登校初日の美紅たちは、自分たちの教室や体育館の場所を覚えるのに精一杯《せいいっぱい》で、まだ保健室の場所まではわかっていなかった。

「こ、こっちです……」

飯田は痛みに顔を歪《ゆが》めながらも震《ふる》える手で保健室の方向を指さした。

「わかりました。私たちが連れていくので案内してください！」

美紅と凜はそれぞれの肩に飯田の腕をまわして立ち上がる。

体型が小柄《こがら》なことと、かろうじて両足で自分を支えられる状態だったため、女子二人の力でもなんとか連れて行けそうだ。

「飯田先輩《せんぱい》、大丈夫ですからね！」

美紅は必死で声をかけた。

もしかすると自分たちが冷たく断ったことによるストレスが原因では――？

別れ際の彼の表情を思い返してそんな考えがよぎる。

飯田の案内に従ってゆっくりと歩き、なんとか三人は目的地に着いた。


息を切らして部屋に入った美紅と凜は、そこに広がる光景に目を疑う。

室内にはイーゼルにのせられたキャンバスが円形に並べられ、数人の生徒が絵を描《か》いている。

部屋のあちこちに石膏《せっこう》像が無造作に置かれていて、壁《かべ》には絵画の作品が貼られていた。

木製の机には絵具《えのぐ》の汚《よご》れがついていて、部屋中に木と油絵具が混ざった香《かお》りがただよっている。


「美術室!?」

「って、ここ……」

美紅が廊下《ろうか》に出て教室のプレートを確認《かくにん》すると、予想どおり「美術室」と書かれていた。

「飯田先輩、ここ保健室じゃないですよ!?」

凜の肩にもたれたままの飯田に問いかける。

「ふふふ……」

下を向いたまま、飯田は不敵な笑《え》みを浮《う》かべた。

そして、凜の腕から抜《ぬ》け出すとしなやかに手を上げてポーズをとり、声高らかに告げる。

「ようこそ！　南山高校美術部へ！」

「はあ⁉」

美紅と凜は同時に声を上げた。

状況《じょうきょう》を飲みこめずにいる二人をおいて、飯田は話しはじめる。

「今日は新入生の君たちに向けてデッサンの体験会を実施《じっし》中なんだ。参加費はなんと無料。先輩部員たちが優しく指導しながらデッサンの楽しさを教えてくれるよ」

「デッサン……体験会？」

美紅が黒板に目をやるとチョークの鮮《あざ》やかな色使いで「新入生歓迎《かんげい》！　美術部デッサン体験会」と書かれている。さすがは美術部、この黒板だけでもひとつの作品と呼べそうな出来栄《できば》えだと、美紅は妙《みょう》に感心してしまった。

キャンバスに向かっているのは新入生で、それぞれに先輩部員が付きそって指導しているようだ。

「さあさあ、二人ともこちらへどうぞ！」

飯田は美紅と凜の手を取り、美術室の奥へ案内した。

その軽快な動きはどうみても病人ではなく、物静かな雰囲気《ふんいき》もどこかへ消えていた。

「ちょっと！　私たちのことだましたの⁉」

ようやく事態が理解できた凜は勢いよく飯田の手をふり払《はら》う。

「バレた？」

飯田は凜に向かって照れくさそうな顔をみせた。

「でも、先輩、顔色まだ真っ青ですよ⁉」

美紅は飯田の顔を指さす。

表情と動きは元気に見えるが、顔色はまだ蒼白《そうはく》なままだ。

「あ、これね」

飯田は忘れていたと言わんばかりに、眼鏡を外しておもむろにタオルで顔をふきはじめる。

「ほら、このとおり！　これ青色の絵具《えのぐ》だったんだよ。どう？　美術部ならではでしょ？」

絵具を綺麗《きれい》に拭《ふ》き取り、ニコッと笑ったその顔は血色が良く、どこからどう見ても健康そのものだ。

美紅と凜は呆気《あっけ》にとられ、言葉が出ないまま数秒の時間が流れる。

「最低……」

きつくにらみつけながら凜は叫《さけ》んだ。

「だますなんて最低！　本気で心配して、必死になってここまで連れてきたのよ⁉」

凜の声が室内に響《ひび》き渡《わた》り、あたりは静まり返った。

デッサンをしていた新入生や部員たちが手を止めてこちらを見ている。

皆《みな》の視線を集めた凜は気まずそうな表情を浮かべた。

「う……」

「まあまあ、落ち着いて」

飯田は眼鏡《めがね》をかけながら他人事《ひとごと》のように凜をなだめる。

「美紅、帰ろ！」

凜が美紅の手を取って教室を出ようとしたとき、ひとりの生徒が教室に入ってきた。

大きな画材のケースを肩《かた》にかけた男子生徒。

その姿を見た美紅は、すぐに気づいた。

今朝校門で出会った彼だ――。

「あ、悠人！　遅いよ！」

飯田が男子生徒に向かって声をかける。

美紅はそれを聞き逃《のが》さなかった。

（ゆうと、って名前なんだ……）

「陽平、悪い……担任に呼び止められて」

低い声でつぶやくと、悠人は目の前にいる美紅に気づいた。

「あれ？　君は、今朝の……」

美紅は彼の瞳《ひとみ》に見つめられ、照れくさい気持ちと自分を覚えていてくれたことへのうれしさで、顔を赤らめてうつむいた。

「あのときは、どうも……」

二人の様子を見逃《みのが》さず、飯田は声のトーンを上げて話しかけてくる。

「なんだなんだ？　二人知り合いなの？　ちょうどいいや。悠人はその子を頼《たの》むよ！」

そう言って、両手で悠人と美紅の背中を押し、空いているキャンバスの前まで連れていった。

「え、ちょっと！」

抵抗《ていこう》する間もなく、美紅はキャンバスの前に座らされ、隣《となり》の椅子《いす》には悠人が腰《こし》を下ろす。

「こら！　美紅に何すんのよ！」

「はいはい、君はこちらにどうぞー」

飯田は凜の背中を押して別のキャンバスへと誘導《ゆうどう》していく。

二人のやり取りが耳に入らないほど、美紅は緊張《きんちょう》していた。

「あ、あの……えっと……」

悠人は持っていた鞄《かばん》をそばの机に置き、制服の上着を脱《ぬ》いで椅子の背にかける。

その動作は一切《いっさい》の無駄《むだ》がなく、まるで茶道《さどう》の所作を見ているようだ。

シャツの袖《そで》をまくり上げながら悠人がたずねる。

「デッサンははじめて？」

悠人の動きに見とれていた美紅は、ようやく今の状況を思い出した。


（そうだ、デッサンの体験会なんだった……）


キャンバスの向こう側にある木製のテーブルにはリンゴがふたつ、バナナがひと房《ふさ》、洋酒の空き瓶《びん》が一本置かれている。その周りに七、八台のキャンバスが配置されていて、新入生はこの果物と空き瓶をデッサンしているようだ。

「すみません……私、飯田先輩《せんぱい》に無理矢理《むりやり》ここに連れて来られて……その……」

「わかってるよ。陽平のやつ、やり方が強引だから」

凛はまだ飯田と言い合いをしている。

しかし、うまく言いくるめられたのか、しぶしぶデッサンに取りかかるようだ。

悠人はそっと鉛筆《えんぴつ》を美紅に差し出した。

「とりあえず描《か》くふりして、陽平が見てない隙《すき》に出ていけばいいよ。見つかるとまたアイツうるさいからさ」

「あ、ありがとうございます」

「俺は三年二組の月島《つきしま》悠人。名前は？」

「わ、私は、一年四組の藍山《あおやま》美紅です」

（月島先輩。三年生なんだ——）

ごく基本的な情報だが、悠人について少し知れたことがうれしかった。

なぜ悠人のことがこんなに気になるのか。

自分の心の中にわき上がる感情をまだうまく理解することができない。

言われたとおり、ひとまずデッサンに取りかかろうとキャンバスに向かい合うが、真っ白な画面を目の前にして途方《とほう》に暮れてしまう。

何から手をつければいいんだろう？

見慣れたはずのリンゴやバナナだが、いざ描《か》こうとすると手がかりがない。

それに隣には悠人がいる。緊張でなかなかキャンバスに一筆目を描《えが》くことができずにいた。

とまどう美紅に、悠人が助け船を出してくれる。

「最初はこの柔《やわ》らかめの2Bの鉛筆でモチーフの輪郭《りんかく》をとっていくんだ。あまり筆圧を強くしないように、撫《な》でるようなイメージで」

「は、はい」

美紅はテーブルの上にある果物に目を凝《こ》らしながらおそるおそる鉛筆を滑《すべ》らせた。

（輪郭をとる。リンゴの輪郭は、丸だよね。あれ、バナナは……？）

モチーフを見ながら描いているはずなのに、キャンバスに描き出した輪郭線は実物とかけ離《はな》れている。

「うーん……何か変、ですよね……」

目の前にある物の輪郭線を描《か》く。これだけの作業だが美紅は早くも壁《かべ》にあたった。

描こうとして真剣《しんけん》に見つめれば見つめるほど、そこにあるのはありふれた果物ではなく、生まれてはじめて目にする複雑な物体のように正体が見えなくなってくる。

「デッサンするときに大事なのは、先入観を取っ払《ぱら》うこと」

悠人がまたアドバイスをくれた。

その声は落ち着いていて、さざ波の音を聞いているような安心感を覚える。

「先入観、ですか？」

「たいてい、人の記憶《きおく》の中にある物のイメージなんていい加減なんだ。そのイメージが邪魔《じゃま》をしてモチーフを正しく捉《とら》えることができなくなる」

悠人は説明しながら美紅に練り消しゴムを差し出す。

「リンゴはこういう形のはず。バナナはこういう形のはず。まずはそういう思い込みを捨てて、目の前にあるモチーフをしっかり観察する。そうして見えてきた形をキャンバスに写し出していくんだ」

「先入観を捨てる……」

それが言葉で聞くほど簡単な作業でないことは美紅にも想像がつく。

先ほど描《か》いた輪郭線を練り消しゴムで消すと、静かに目を閉じてみた。

自分の記憶にあるリンゴやバナナのイメージを消すために。

隣で悠人がじっと見守っている。

美紅は目を開け、もう一度、リンゴとバナナに視線を向けた。

（リンゴは意外と綺麗《きれい》な丸じゃなくて所々ゴツゴツしている。バナナは、私が思っていたよりも曲がりくねっている）

鉛筆を手に取り、芯《しん》の先をキャンバスに走らせる。

その手つきからは先ほどのような迷いはなくなっていた。

先入観を捨てて、ただ目の前にあるものを見つめる。

臆病《おくびょう》な性格だからといつも目をふせてばかりで、物事を正面から見ることを拒《こば》んできた気がする。

自分はこうだから。他人はこうだから。

そうやって勝手に決めつけて、目をそらしてきた。

もっと目の前にあるものとちゃんと向き合っていける人間になりたい――。

美紅はそんなことを考えながら、キャンバスに線を描《えが》いていった。

「描《か》けた……！」

思わず声を上げる。

キャンバスに描《えが》かれたリンゴとバナナと空き瓶の輪郭線。

決して上手とは言えないものの、モチーフを真剣に観察して描写《びょうしゃ》したことが伝わってくる。

「うん、良い感じだ」

悠人にほめられ、美紅は心を弾《はず》ませた。


突然《とつぜん》、扉《とびら》のほうから飯田の声が聞こえてくる。

「悠人！　俺、また新入生の勧誘《かんゆう》に行ってくるから、あとは頼《たの》んだぜ！」

そう言い残すと、飯田は走って教室を出ていってしまった。

「ちょっと、飯田先輩！　またあの卑怯《ひきょう》な手口使うんじゃないでしょうね!!」

鬼《おに》の形相をした凜が飯田の後を追いかけて教室を飛び出す。

ドタバタと二人の足音が遠ざかっていった。


「よし。陽平いなくなったし、もう行っても大丈夫《だいじょうぶ》だよ」

悠人は美紅から鉛筆を受け取りながら目配せをした。

そう、美術室から抜《ぬ》け出すなら今が絶好のチャンスだ。

でも、目の前のキャンバスにようやく描き出した絵をそのままにしていくのは心惜《お》しい気がする。
デッサンを通して自分を変えられるかもしれない。
そんな考えまで出てきたところなのに。
美紅は少し考えてから、悠人に伝えた。
「月島先輩《せんぱい》。私、デッサン最後までやりたいです。このまま続けてもいいですか？」
悠人は一瞬驚《いっしゅんおどろ》いた表情を浮《う》かべたが、「ああ、もちろん」と言って微笑《ほほえ》んだ。
（先輩が、笑った……！）
はじめて見る悠人の笑顔に美紅の胸は高鳴った。
目の前のものをしっかり見つめる。
そう決めたばかりなのに、悠人の顔をまっすぐ見られない自分がいる。
美紅は心の中にわき上がる不思議な感情の正体に気づいた。

（私、恋してるのかな――……？）

窓の外では空が夕焼け色に染まりはじめている。

教室に射《さ》しこむオレンジの光のおかげで、顔が赤くなるのを悠人に気づかれずにすんだ。

第二章

記念すべき入学初日の夕飯のおかずは、美紅の大好きなねぎソースのからあげに、田舎《いなか》の親戚《しんせき》から送られてきた筍《たけのこ》を使った煮《に》つけだ。

食卓《しょくたく》を家族三人で囲み、高校の話に花を咲《さ》かせている。

会話の中心は母親と美紅で、父親はたまに「うん」「そうか」と相槌《あいづち》を打つ程度だが。


「ええっ、美術部!?」

母親が食事の手を止めて目を丸くする。

「うん。入部しようかな、と思って……」

美紅はからあげに箸《はし》をのばしながら気恥《きは》ずかしさをおさえてこたえる。

「だって、あなた美術なんて得意じゃないでしょ？　中学のときの美術の成績、ずっと3だったじゃないの。なのに、どうして？」

「そ、そうだけど！　今日、体験入部ではじめてちゃんとデッサンしてみて、すごく楽しかったの。だから……」

言葉を濁《にご》して、ごまかすようにからあげを口に放《ほう》りこむ。

まさか「美術部に気になる先輩がいるから」なんて口が裂《さ》けても言えるはずがない。

それに、デッサンを楽しいと感じたのは本当のことだ。

そう自分に言い聞かせて、そっと父親の顔色をうかがう。

「まあ、いいんじゃないのか。やりたいことが見つかったのは素晴《すば》らしいことだ。それに、好きになることと、得意であるかどうかはまた別の話だ」

「それもそうだけど……」

まだ腑《ふ》に落ちない様子の母親を気にかけず、父親は湯のみをテーブルに置いて続ける。

「美紅。やると決めたのなら、途中《とちゅう》で投げ出さずに納得《なっとく》がいくまでやり遂《と》げなさい。美紅が本気で取り組むことには、父さんも母さんも全力で応援《おうえん》するから」

普段《ふだん》、口数の少ない父親から告げられた激励《げきれい》の言葉。

それは、ほんの少し不純な動機を抱《いだ》いた美紅の心に鈍《にぶ》く響《ひび》いた。


（美術を通して自分を変えたい――）


あのとき感じた気持ちを思い返し、父親の顔をしっかりと見つめ返す。

「お父さん、ありがとう。私、がんばる！」

「うん」

父親は静かに返事して、筍を口に運んだ。

ほっと胸をなで下ろし、ふと大事なことを思い出す。

「あっ。それにね、お母さん！　凜も美術部に入部するんだって！」

「あら、凜ちゃんも？　それなら安心ねえ。あの子しっかり者だから」

心配そうにしていた母親の表情は一気に明るくなり、食卓は笑いに包まれた。


入学式から数日が経《た》ち、徐々《じょじょ》に新入生たちの顔色からは緊張《きんちょう》の色が消えていった。凜の助けもあってクラスメイトと少しずつ仲良くなり、不安でいっぱいだった美紅の高校生活は順調な滑《すべ》り出しを見せている。

木曜日の放課後。クラスメイトに別れを告げて、美紅と凜は美術室に向かった。

美術部の活動は月曜日と木曜日の週二回。

二人は入部届を片手に、はじめての部活動にのぞむ。

あれほど熱心に新入生を勧誘する部活なのだから、きっと練習も真剣《しんけん》に取り組んでいるに違《ちが》いない。

石膏《せっこう》像の周りに並べられた何台ものキャンバスと、デッサンをする部員たち、そして厳しい指導教員の姿を想像しながら、美紅はおそるおそる美術室の扉《とびら》を開ける。

そこには想像どおり、キャンバスに向かって絵を描《か》く生徒がいた。

——が、その人数はたったの一人。

他《ほか》の生徒は、漫画《まんが》を読んだり、携帯《けいたい》ゲームで遊んだり、談笑《だんしょう》したり、昼寝《ひるね》をしたり……と、好き勝手な活動に取り組んでいる。

開いた口がふさがらないままその光景を眺《なが》めながらも、窓際《まどぎわ》でキャンバスに向かっている生徒は悠人だということに気づく。

花瓶《かびん》に生けられた花とキャンバスを交互《こうご》に見つめながら絵筆を走らせている。

美紅や凜には気がついていないようだ。

「え……あれ……？　ここ、美術部だよね？」

凜が声に出すと、漫画を読んでいた飯田が二人に気づいて近寄ってくる。

「あれれ？　美紅ちゃんに凛ちゃん！　どうしたの？」

「ちょっと飯田先輩、気やすく名前で呼ばないでください！」

凛が飯田に食ってかかる。

入学式の日のことをまだ根に持っているようだ。

「あ、あの。私たち美術部に入部したいと思いまして……」

手に持っていた入部届を見せると、飯田は満面の笑《え》みを浮《う》かべる。

「えっ、本当に⁉　いやーよかった！　なかなか新入生が来てくれなくて不安だったんだ」

「かん違いしないでくださいね。私は美紅が飯田先輩《せんぱい》にひどいことされないよう監視《かんし》するために入部するので」

両手を広げて喜びを表現する飯田に、凛が釘《くぎ》を刺《さ》す。

「またまたー！　凛ちゃんも体験会のとき楽しそうにデッサンしてたくせに！」

「そ、そんなことないです！」

二人のやり取りを見守りながら、話題を変えるための質問をする。

「そ、それで、美術部ってどんな活動をしてるんですか？　ここにいるのって、部員の方々……ですよね……？」

美紅はもう一度美術室を見回した。

想像していた部活動のイメージとはかけ離《はな》れていて、数人以外は遊んでいるだけにしか見えない。

「ああ、いつもこんな感じだよ。コンクールが近くなるとそれぞれ作品制作に取りかかるけどね。描きたいときは描く。それ以外はリラックスして過ごす。それが我が南山高校美術部のモットーさ！」

飯田は自信満々にこたえたが、美紅と凜には体《てい》の良い言い訳にしか聞こえない。

「まあ、常に真剣に作品制作してるのは、俺と悠人くらいかな」

「いや、さっき漫画読んでましたよね？」

凜がすかさずツッコミをいれるが、飯田は聞こえないふりをしている。


「おーい、悠人！　こっち来いよ！」

飯田の呼びかけで、悠人はようやく美紅たちの姿に気づき視線を向けた。

教室内にあふれる春の陽射《ひざ》しによって、悠人の輪郭《りんかく》はぼんやりと輝《かがや》いて見える。

美紅が軽く会釈《えしゃく》をしても、それにこたえる素ぶりを見せず、またすぐにキャンバスに向かって筆を動かしはじめた。まるで「邪魔《じゃま》するな」と言わんばかりに。

「ははは。アイツ、描きはじめるとああなっちゃうんだ。気を悪くしないでね」

「い、いえ、邪魔した私たちが悪いので……」

飯田は明るくフォローするが、数日前に悠人が見せてくれた笑顔が記憶《きおく》に残っているだけに、美紅は内心落ちこんでいた。

「さてさて。それでは、この入部届は部長である私、飯田陽平が責任を持って顧問《こもん》に提出しておきますので、お二人はこちらへ」

飯田はレストランのウェイターのように丁寧《ていねい》な動きで、美紅と凜を空いた席まで案内した。

「どうぞ、ごゆっくり！　また後で部員に紹介《しょうかい》するから」

「え？　いや、ちょっと待ってください！」

立ち去ろうとする飯田を、美紅はあわてて呼び止める。

「あ、何か必要だった？　漫画？　ゲーム？」

「違います！　あの、私、絵が描きたいんです……！」

その言葉に悠人は筆の動きを止め、美紅を見つめた。

飯田は言われたことが理解できない様子でしばらく腕《うで》を組んで考えこむ。

「なるほど……絵を描きたい……うーん、どうしたものか……」

「あの……美術部ならごく当然の発想だと思うんですけど……」

呆《あき》れ顔でつぶやく凜を気にもとめず、飯田は室内を歩きまわって何かを探している。

「うん、よし、これにしよう！」

持ってきたものは空になったペットボトルとスケッチブックだった。

訝《いぶか》しげな表情を浮かべる美紅と凜に向かって飯田は話し続ける。

「スケッチブックに、このペットボトルを描いてみて！」

「えーまたデッサン⁉　私たちも絵具《えのぐ》使わせてくださいよー……」

スケッチブックを手に取り、凜は不満をもらす。

「だめだめ。まずはデッサンに慣れてから！　それじゃあ、終わったら教えてね」

二人にそう告げると、飯田はそそくさと元いた席にもどり、漫画を読みはじめた。

「はあ……しかもモチーフがこんなのって……」

凜はペットボトルを指でトントンと叩《たた》きながらため息をつく。

その横で、美紅は黙々《もくもく》とスケッチブックに鉛筆《えんぴつ》を走らせはじめた。

「美紅は真面目《まじめ》だねー……」

「ううん、そんなんじゃないよ。気づいたんだけど、私、デッサン好きみたい」

照れくさそうに微笑《ほほえ》む美紅の顔を見て、凜はうれしそうにシャツの袖《そで》をまくり上げた。

「よし！　私もがんばろうっと！　美紅、どっちが上手に描けるか勝負しよ！」

二人は肩《かた》を並べて、ペットボトルのデッサンに取りかかる。

しばらくして、凜が先にデッサンを終わらせた。

「できた！　うん、なかなか良い感じ！　美紅はどう？」

「うん……あと、もうちょい」

最後の線を描きこんで消しゴムのカスを払《はら》うと、美紅はスケッチブックを目の前に掲《かか》げる。

「よし、私も完成！」

「じゃあ、見せ合いっこしよ！」

二人はスケッチブックを交換《こうかん》してお互《たが》いの絵をまじまじと見つめた。

「おー美紅、上手《うま》いじゃん！　影《かげ》の入れ方とかリアル！」

「凜のも素敵《すてき》！　線に迷いがないっていうか」

ほめ合っていると、飯田が「どれどれ」と後ろからのぞいてきた。

「うん、二人とも良く描けてるね！」

「ふふん。素人《しろうと》にしては上出来でしょ？」

凜が得意気に胸をはってみせる。

「うーん……でもなあ……」

「あの、何か気になるところありますか？　教えてください」

美紅は腕を組んでしかめっ面《つら》をする飯田に不安な表情で問いかける。

何か思いついたように手を叩くと、飯田はズボンのポケットからおもむろにスマホを取り出し、凜がデッサンした絵をカメラで撮影《さつえい》した。

その様子を、凜は不思議そうに見つめている。

「急に写真なんか撮《と》って、どうしたんですか？　あまりに良い出来だから？」

「ふふーん。まあ、見ててごらん」

飯田はそう言いながら、慣れた手つきでスマホを操作している。さっき撮った写真を画像加工アプリで編集しているようだ。

美紅と凜が両側からのぞきこむ。

「いいかい。これが今、凜ちゃんがデッサンした絵を撮影したもの」

画面にはたしかにペットボトルの絵が映し出されている。

二人に目配せし、飯田はもったいつけながらスマホを操作する。

「これを……こうやって左右反転すると……」

画面に表示されたペットボトルの絵は左右が反転され、ちょうど鏡に映った状態になった。

「あ、あれ？　何これ！」

スマホを奪《うば》い取り、凜は顔に近づけてかじりつくように見つめる。

「ゆ、歪《ゆが》んでる……」

凜がデッサンしたペットボトルは一見バランス良く整った形をしているが、反転した画像では、本体はななめに傾《かたむ》き、キャップの円形もいびつに見える。

「あら不思議。これがデッサンをする上での大きな落とし穴なんだよなー。正確に描《か》いているつもりでも、気づかないうちに形が傾いたり歪んだりしていることが多いんだ」

スマホを受け取り、反転前と反転後の写真を交互《こうご》に表示させながら飯田は話を続ける。

「その狂《くる》いを一番手っ取り早く調べる方法が、この左右反転なわけ。鏡に映したり、紙を裏から透《す》かして見たりしてもいいんだけどね」

「うまく描けたと思ってたのに……この画像は……なんて言うか……全然イケてない……」

凛は悔《くや》しそうにうなだれる。

「まあ、そう落ち込まずに。何にせよ、最初でこれだけ描ければ上出来だよ。慣れていくうちにこの狂いはだんだんなくなっていくから。ようは練習あるのみ！」

飯田は美紅と凛の肩にポンと手をのせて満面の笑《え》みを浮《う》かべた。

「じゃあ、二人は当面このペットボトルのデッサンをやってくれたまえ。スケッチブックが全ページ無くなるまで！」

「えぇっ……!?」

美紅と凛はお互いの顔を見て大きくため息をつく。

こうして、ひたすらペットボトルの絵を描く日々がはじまった。

部活の時間だけデッサンをする凛に対し、美紅は部活がない日も自宅で取り組み、着実にページを消化していく。差をつけられた凛は焦《あせ》ってペースを上げ、十日後には二人のスケッチブックは残り数ページになっていた。

二週間後の月曜日。今日で四回目の部活動だが、美紅と凜は相変わらずペットボトルとにらめっこをしている。

陽《ひ》が傾きはじめる頃《ころ》、他《ほか》の部員は帰宅し、美術室には二人だけになっていた。

「よし、今日の分は完成！　残り三ページ！」

凜がうれしそうにスケッチブックに頬《ほお》ずりをする。

「私も！　この調子でいけば木曜の部活までには全ページ終わりそうだね」

美紅は描き終えたばかりのペットボトルの絵を眺《なが》めた。

最初の日とくらべると少しだけ上達したように感じられ、達成感でいっぱいになる。

「ねえ、美紅……私、最近夢にペットボトルが出てくるんだけど……」

「わかる……もう一生分ペットボトルと向き合ったよね……」

二人はこの二週間を思い返して苦笑いをする。

「さて。じゃあ、片づけして帰ろっか」

凜は立ち上がって美術室を見回した。

「あーあ、今日も散らかってるなあ……」

室内にはキャンバスや絵具《えのぐ》などの画材だけでなく、ゲーム機や漫画《まんが》など部活には関係のないものまであちこちに散らばっている。

それらを部室まで運んで片づけるのは一年生である美紅と凜の役目だ。

各部活の部室が入った部室棟《とう》とよばれる建物がグラウンドにあり、そこまで荷物を運ばなくてはならないので、一往復するだけでもひと苦労だ。

「でも、なんとか一回でいけそうだね。部室棟に寄ってそのまま帰ろう」

美紅はそう言いながら片づけをはじめた。


ふと、悠人のキャンバスがイーゼルに立てかけられたまま置かれていることに気がつく。

そばに鞄《かばん》があるのを見ると、まだ校内にいるようだ。

「悠人先輩《せんぱい》、まだいるみたいだね。その画材はそのままにしとこうか」

凜が漫画を拾い集めながら言った。

「そうだね」とこたえ、何となくキャンバスをのぞいてみる。

悠人は部活の最中、基本的にキャンバスの前から動くことがなく、帰るときに画材はすべて自分で片づけるので、作品をしっかり見たことがない。

（どんな絵を描いてるんだろう？）

キャンバスの絵を見た瞬間《しゅんかん》、美紅は息を呑《の》んだ。

油絵具《えのぐ》で描《えが》かれた色とりどりの花。

ガーベラやカーネーションなど春の花たちが、キャンバスを赤や白、黄、オレンジで彩《いろど》っている。

悠人がそれらをモチーフとして描いていることは美紅も知っていて、花瓶《かびん》の花を見るたびに「綺麗《きれい》だな」と思っていた。

だが、悠人の手で描かれた花たちは、綺麗という言葉だけでは語ることができない。

キャンバスに根をはり、陽の光を浴びて少しずつ生長しているように見えるほど力強く、そしてリアルに生命の存在を感じさせてくれる。


「すごい……」

美紅は思わずつぶやいていた。

「ちょっと、美紅っ。さぼらないでよ！　早く片づけて帰ろ！」

凛の呼びかけで自分の手がとまっていたことに気づく。

「あっ、ごめんごめん！」

二人は急いで片づけ、荷物を抱《かか》えて美術室を後にした。

グラウンドでは野球部と陸上部が練習に励《はげ》んでいる。南山高校は運動部の活動が盛んで、とくに野球部は甲子《こうし》園《えん》で常連校になるほどの強豪《きょうごう》だ。

美紅と凜は邪魔《じゃま》にならないよう、グラウンドの外周をまわって校舎の反対側にある部室棟を目指す。

途中《とちゅう》、凜が抱えていた荷物を落としてしまった。

「ああ、もう！　この漫画全部、飯田先輩が持ちこんだらしいのよね。はあ……ちょっとは野球部の真剣《しんけん》さを見習ってほしいわ……」

凜は漫画を拾い集めながらふくれっ面《つら》をした。

部室の中には段ボール箱や画材が山積みにされ、文化祭で使ったと思われる看板や、空き缶《かん》をつなげてつくった動物のアートなど、過去の制作物で埋《う》めつくされている。

めったに人が立ち入らないこの部屋はほこりにまみれていて、美紅と凜は室内に入るとすぐに窓を開けて空気を入れかえた。

「ああ、もうやだやだ！　はやく荷物置いてこんな部屋出よ！」

せき込みながら凜が言う。

「そうね……肺が悪くなりそう……」

持っていた画材を棚《たな》にしまいながら、美紅は無造作に置かれた大きな段ボール箱を見つけた。

箱の上面にはフェルトペンで「平成二十二年度　部員作品」と書かれてある。

「これ、去年の先輩たちの作品だね」

凜がうれしそうに近寄ってきた。

「えっ、うそ！　見てみよ！」

箱を開けて中から額に入った絵を取り出してみる。全部で二、三十枚ほどあるようだ。

丁寧《ていねい》に描かれた完成度の高い作品と適当に描かれた作品とではっきりとわかれていて、部員間のモチベーションの差が見てとれる。

「あ、これ飯田先輩だ！」

一枚の作品を手に取り、凜が声を上げた。キャンバスのすみに走り書きで「Youhei Iida」と書かれている。

作品名は「愛と憎《にく》しみの境界線」となっているが、肝心《かんじん》の絵はひょろひょろと頼《たよ》りない黒い線が数本描かれているだけだ。

「げっ……何これ……幼稚園児《ようちえんじ》の落書きでもうちょっとマシじゃない……？」

凜は目を細めながら、その前衛的な絵を眺めた。

「ま、まあ、芸術の感性は人それぞれだからね……」

苦笑いをしながら美紅は段ボール箱の中から次々と絵を取り出し、ようやくお目当ての作品を発見した。

右下には「Y・Tsukishima」とサインされている。

（あった……悠人先輩のだ――……）

絵を慎重《しんちょう》に取り出して床《ゆか》に置いていく。他の部員とくらべると圧倒的《あっとうてき》に数が多い。というより、保管されている作品のうち半分近くが悠人のものだった。

花や果物、日用品、石膏《せっこう》像を描いた数々の絵。

普段《ふだん》見慣れたはずのものが悠人の手にかかると別世界からおとずれた貴重な宝物のように見えてくる。

ずらっと並べられた悠人の作品の中で、ひとつだけ印象の異なる絵があることに気がつき、美紅はそっと手に取った。

身の回りのものをモチーフとすることが多い悠人の作品の中で、これだけが唯一《ゆいいつ》の風景画だ。

キャンバスには空と街並みが描かれている。

時間帯は夜だろうか。暗く静まり返り、夜空には大きな月が浮《う》かんでいる。

それは満月でも三日月でもなく、指輪のように輪っかに輝《かがや》いていた。

「この月、なんだか変な形だね」

横から絵をのぞきこんできた凜が不思議そうに話しかける。

美紅は「そうだね」とだけつぶやいた。

(なぜだろう。この絵を見ていると、胸が苦しくなる——……)


美紅と凜は取り出した先輩たちの絵を元の場所にもどすと、残りの片づけをすませた。

部室棟《とう》を出て校門に向かって歩きはじめたとき、美紅は大事なことに気がついた。

「あっ! しまった!」

「どうしたの、美紅?」

あわてて鞄の中を捜《さが》す美紅に、凜が問いかける。

「スケッチブック、美術室に忘れてきちゃった……」

悠人のキャンバスをのぞいたとき、近くの机にスケッチブックを置いたまま出てきてしまったのだ。

「凜、ごめん! 私、取りに行ってくるね! すぐもどるから!」

「うん、じゃあ校門で待ってるね」

凛と別れ、美紅は校舎に向かって走り出す。

美術室に到着《とうちゃく》し、扉《とびら》を開けた美紅は、窓際《まどぎわ》の人影《ひとかげ》に気づいて体を硬直《こうちょく》させた。

「月島先輩《せんぱい》……」

そこにいたのは美術室にもどってきていた悠人だった。

悠人が美紅の声に気づいてふり向く。

「藍山……」

その手にはスケッチブックがあり、美紅が描《か》いたペットボトルのページが開かれている。

思わず声を上げてしまう。

「あっ、そのスケッチブック……」

「ごめん。ここに置いてあったから……つい……」

「い、いえ……とんでもないです……」

申し訳なさそうにスケッチブックを閉じる悠人に、美紅は小さな声でこたえる。

入学式の日以来、悠人とまともに会話ができていなかった。

授業で一年生が三年生と会うことはほとんどないし、唯一会える部活の時間も悠人はひとりで絵を描いていて、終わるとすぐに帰ってしまう。

突然《とつぜん》おとずれた二人きりの状況《じょうきょう》に、美紅は緊張《きんちょう》しながらもなんとか口を開いた。

「あ、あの……私のほうこそすみません！　先輩がいない間に勝手に絵を見ちゃって……それで、ここにスケッチブック置き忘れちゃって……その……」

しどろもどろで話す美紅を、悠人は黙《だま》って見つめている。

窓から射《さ》しこむ夕陽《ゆうひ》が逆光になり、悠人の顔には影《かげ》が落ちていた。

澄《す》んだ瞳《ひとみ》には光が宿り、すべてを見透《みす》かされているように感じてしまう。

流れた時間はほんの数秒だが、美紅にはこの数秒がとても長く感じられた。


(何か……何か話さなきゃ……そうだ！　先輩の絵のことを……！)


「あの……！」

あわてて言葉をひねり出す。


「あの、私、好きです！」

カキン！　という小気味の良い金属バットの音がグラウンドから聞こえてくる。

予想外の発言に、悠人は目を丸くしている。

「えっ……？」

「え……？」

なぜ悠人が驚《おどろ》いていたのかわからないでいたが、すぐに自分が言ったことを理解する。

「あっ！　いや！　違《ちが》うんです！　先輩の『絵が』好きです！」

(うわー!!　私、何言ってるの!?　っていうか……そんな必死で否定したら逆に失礼じゃない!?)

顔がみるみるうちに赤くなり、恥《は》ずかしさでうつむく。

「あ……ああ、絵のことね……」

悠人は驚いた表情のままこたえた。

「その……上手《うま》く言えないんですが、花が生きてることが伝わってくるというか、本物以上に存在感があるというか……今までこんな絵に出会ったことがなかったので感動しちゃって……」

下を向いたまま必死で絵の感想を伝える美紅に、悠人は納得《なっとく》した様子をみせる。

「……ありがとう」

その言葉で美紅はゆっくりと顔を上げ、悠人の顔色をうかがった。

逆光でわかりにくいが、少しだけ微笑《ほほえ》んでいるように見える。

「普段、あんまり面と向かってほめられることってないからさ。うれしいよ」

悠人は目をそらして照れくさそうに頭をかいている。

「それより、これ取りに来たんだろ」

手に持っていたスケッチブックを悠人が差し出してきた。

混乱したせいで用事をすっかり忘れてしまっていた。

「そ、そうでした……ありがとうございます……！」

受け取ったスケッチブックを抱《だ》きしめ、深々と頭を下げる。

久しぶりに悠人と会話をするチャンスなのに、まともに話もすることができない。

（これ以上ここにいても、私、変なこと言っちゃうばかりだ——）

「あの、お邪魔《じゃま》してすみませんでした……それじゃあ、私これで失礼します……！」

逃《に》げるように立ち去ろうとする美紅に向かって、悠人がとっさに口を開く。

「俺も好きだよ」

美紅は足を止める。

グラウンドからカキーン！と、さっきよりも大きなバットの音が聞こえてきた。

同時に大きな歓声《かんせい》がわき上がる。

(え、今なんて――)

「藍山が描いた絵。俺も好きだ」

悠人は真剣《しんけん》な表情で見つめている。

「えっ……あ、絵……ですか……？」

(なんだ、さっきと同じ流れか……そりゃそうよね……)

あっさり落胆《らくたん》したが、その意味を考えてまたすぐに驚きの声を上げる。

「って、ええ⁉　私の絵を……ですか⁉」

練習をはじめて二週間のつたない自分の絵を、経験豊富で才能あふれる悠人が「好き」と言ってくれている。喜びよりも先に信じられない気持ちでいっぱいになった。

「藍山の絵を見てると、絵を描くのが本当に好きなんだなっていうのが伝わってくる。俺は、そういう人の描いた絵が好きだ」

悠人は自分のキャンバスに視線をうつす。

「毎日のように絵を描いてると、本当に好きで描いてるのか、描かなきゃいけないから描いてるのか、わからなくなることがあるんだ。そんなとき自分の作品が全部まがいものみたいに見えてしまう……」

そう話す悠人の顔はどこかさみしそうに見える。

悠人の絵を見て「これだけ上手に描けたら、楽しくて仕方ないだろうな」なんて考えていた。でも、本当は美紅には想像もつかない悩《なや》みを抱《かか》えながらキャンバスに向き合っているに違いない。

遠いところにいる悠人に、少しだけ触れることができた気がした

「私、入学式の日の体験会で月島先輩《せんぱい》にデッサンのことを教えてもらって、はじめて絵を描《か》くのが楽しいって思えたんです。だから、こうして絵を描くのを好きになれたのは先輩のおかげです。ありがとうございました」

悠人に伝えたいと思っていたことを、ようやく口にすることができた。

あの日、悠人にデッサンを教えてもらっていなかったら、今こんなに絵に夢中になっている自分はいない。

その感謝の気持ちをずっと伝えたかったのだ。

「そして、先輩の絵を見て、私もこんな風に描きたいって思いました。いや……私なんか無理かもしれないですけど……」

美紅は悠人の顔をまっすぐ見つめて続ける。

「だから、その、うまく言えないんですが……私、これからも先輩の絵をもっともっとたくさん見たいです！」

話し終えると、悠人は優《やさ》しく微笑んでくれた。

「ありがとう……俺、藍山が美術部に入部してくれてうれしいよ」

胸の中が温かい気持ちで満たされていく。

美紅は照れながらその言葉をかみしめた。

美術部でもっと絵のことを勉強したい。そして、悠人のことをもっと知りたい――。

そんな思いが胸の中でふくれ上がる。


「あ、あの……！　もしよかったら……私に絵のレッスンをしてもらえませんか？」

とっさに出た言葉に、自分でも驚いてしまう。

（うわ……私、ちょっと調子にのりすぎちゃったかも……）

「あ、もちろん、迷惑《めいわく》じゃなければ……！」


悠人はしばらく考え、ニヤリと笑った。

「うん、いいよ。そのかわり、俺、結構厳しいから覚悟《かくご》しといて」

美紅は満面の笑《え》みを浮《う》かべてこたえる。

「はい！　私、中学の部活でしごかれるのは慣れてるので、大丈夫《だいじょうぶ》です！　よろしくお願いします！」

美術室を後にすると、校門で待つ凜のもとへ急いだ。

「凜、お待たせ！」

「遅《おそ》いよー……スケッチブック取りに行くだけでなんでこんな時間かかるのよー……」

「ごめん！　ちょっと寄り道してて！」

ふてくされた顔をする凜に、両手を合わせて謝る。

「むむ……なんかニヤニヤしてるけど、良いことあったの？」

凜から指摘《してき》され、自分の表情がにやけていることに気づいた。

「う、ううん！　何でもない！　それより早く帰ろ！　あっ、待たせたお詫《わ》びにアイス奢《おご》ってあげる！」

「ほんと!?　わーい！　じゃあ、チョコモナカ買ってもらおーっと」

二人は沈《しず》みゆく夕陽《ゆうひ》を背に、帰り道を歩き出した。

第三章

四月も残りわずかとなり、入学式には満開だった桜の木々はすっかり新緑になっている。授業も本格的にはじまり、美紅たちの新入生気分も束《つか》の間、高校生としての生活が日常となりつつあった。

昼休みになると、生徒たちは学食に行ったり、弁当を食べたり、購買《こうばい》でパンやおにぎりを買ってきたりとそれぞれの方法で昼食をとる。

学食に行く生徒が多いため、教室に残るのは半数くらいだ。

美紅と凜は、席で向かい合って弁当を食べている。

「ねえねえ、美紅！　今日の帰り、駅前にできたパンケーキ屋さんに行ってみない？　あそこ、すっごくおいしいらしいんだよね！」

凜が前のめりで話しかけてくる。

「あっ……ごめん、凜！　今日は……」

美紅は申し訳なさそうに言葉を濁《にご》した。

「あ、そっか。今日は悠人先輩の日だっけ？」

「うん……ごめんね！」

　今日は悠人との約束がある。

　部活がない日でも、顧問《こもん》に事前に許可をもらえば放課後に美術室を使うことができるらしい。

　そこで、悠人の時間がある日に美術室で絵のレッスンをしてもらうことになっているのだ。

「気にしなくていいよ。じゃあ、また今度ね！」

　凛がにこやかにこたえる。

「うん！　それより、凛、今日本当に一緒《いっしょ》に行かないの？」

「あーいいのいいの。私はパス！」

　レッスンのためとはいえ、さすがに二人きりになるのは気まずいと思い、凛も一緒でもいいか悠人にたずねていた。悠人は問題ないと言ってくれたのだが、凛のほうがそれを断ったのだ。

「私のことはお構いなく、どうぞごゆっくり。それにしても、美紅もすみに置けないねー」

　卵焼きを口に運びながら、凛はニヤニヤと美紅に視線を向ける。

　うっかり、箸《はし》でつまんでいたミニトマトをスカートの上に落としてしまう。

「な……何よ、それ！」

「はいはい。進展あったらちゃんと教えてよねー」

凛は気にせず弁当を食べ続けた。

「ちょっと、凛⁉」

「トマト、早く拾ったら？」

いたずらっぽく微笑《ほほえ》みながら、凛は美紅のスカートを指さす。

「あ……！」

顔を真っ赤にしてミニトマトを拾い上げると、そのまま口の中に含《ふく》んだ。


放課後、凛と別れた美紅は足早に美術室を目指した。

（悠人先輩に絵を教えてもらえる――）

胸を躍《おど》らせながらスケッチブックを強く抱《だ》きしめる。

廊下《ろうか》を進む歩調は知らず知らずのうちに速くなり、気がつくとかけ足になっていた。生活指導の先生に注意されてしまい、バツが悪くなってスピードを落とす。


廊下の奥に美術室が見えてきたとき、向こうから歩いてくる女子生徒がいた。

肩《かた》まで伸《の》びた黒髪《くろかみ》を揺《ゆ》らしながら堂々と歩く姿は、ランウェイに立つモデルのようだ。

美紅はその女子生徒のことを知っている。

(小野寺先輩だ――……)

小野寺涼子《りょうこ》は、美術部の三年生。

部活に顔を出すことは少ないが、絵画コンクールではたびたび入選するほどの実力を持っている。

家がお金持ちで、基本的に絵は自宅のアトリエで描《か》いているらしい。

そして後輩《こうはい》である美紅たちに対する態度は冷たく、人使いが荒《あら》い。

はっきり言って苦手なタイプだった。

「小野寺先輩、こんにちは……」

すれ違《ちが》いざま、美紅は立ち止まって軽く頭を下げる。

涼子は横目で見ただけで、何も言わずそのまま通り過ぎてしまった。

背後で涼子の足音が遠ざかっていく。

(何も無視しなくたって……)

嫌《いや》な気分になりながらも、美紅は気持ちを切りかえて美術室へ向かう。

扉《とびら》を開けると、悠人が椅子《いす》に腰《こし》かけて美術の雑誌を読んでいた。

「すみません！　お待たせしました……！」

「いや、俺も今来たところだよ」

悠人は雑誌を机に置くと、シャツの袖《そで》をまくり上げる。

「じゃ、そこに座って。絵は描いてきた？」

「はい！　このスケッチブックに」

あらかじめ悠人が出していた課題は「身近にある好きなものをデッサンすること」だった。

自分が好きなものであればデッサンの狂《くる》いに気づきやすいし、何より描いていて楽しいから
というのが悠人の考え方だ。

「ペットボトルよりはよっぽどやる気出るだろ」と、悠人は苦笑いしながら皮肉っていた。

受け取ったスケッチブックを眺《なが》めながら、悠人がたずねてくる。

「これは、バスケットシューズ？」

好きなものは何だろうと悩《なや》んだ結果、選んだものは使い古したバスケットシューズだった。

報《むく》われなかったバスケ部での時間だが、今でもバスケは好きだし、ずっと履《は》き続けたシュー
ズなので形やデザインまで知りつくしている。

美江にとっては苦楽をともにした相棒のような存在だ。

「はい。私の宝物なんです」

自信に満ちた表情でそう言うと、シューズを取り出して机の上に置く。

悠人は美紅の顔をみて微笑んだ。

「うん。大事なものなんだっていうのが、絵から伝わってくるよ」


そうして、二人のレッスンははじまった。

実物のシューズとデッサンとを見くらべて悠人がアドバイスをし、美紅はそれを受けて絵に手を加えていく。

紐《ひも》の形状から布地の質感、汚《よご》れの表現まで、悠人は様々な箇所《かしょ》にアドバイスをくれた。

描いては消し、描いては消しをくり返しながら、スケッチブックに描かれたシューズは次第《しだい》に命を吹《ふ》き込まれていく。


レッスンを開始してから約二時間が経過し、外は薄暗《うすぐら》くなっていた。

「出来ました……!」

「ああ、お疲《つか》れさま」

アドバイスをもらった箇所をすべて描き直し、美紅はスケッチブックを目の前に掲《かか》げる。

「すごい……これ、私が描いたんだ……」

バスケットシューズとスケッチブックを交互《こうご》に見ながら目を輝《かがや》かせる。

中学時代の思い出がつまったシューズ。

そのすべてを自分自身の手で白紙のページに描き出せたことがたまらなくうれしかった。


悠人がその様子を隣《となり》でじっと見つめている。

すっかり絵に夢中になっていた美紅は、悠人の視線に気づき目を合わせた。

二人は恥《は》ずかしそうに顔をそむける。

「あ……すみません……私ひとりで舞《ま》い上がっちゃって……」

「い、いや……喜んでくれてよかったよ」

美紅はスケッチブックの絵を、悠人は窓の外を。

互《たが》いに目をそらしたまま、次の言葉を探す。


そのとき、十八時を告げるチャイムが教室のスピーカーから鳴り響《ひび》いた。

「あ、もうこんな時間！　月島先輩、今日は本当にありがとうございました！」

美紅は立ち上がって深々と頭を下げる。

「あの……何かお礼をしたいのですが……すみません、どうすればいいかわからなくて……」

申し訳なさそうに切り出すと、悠人は言った。

「お礼なんていいよ。そうやって描くことが好きになって次は同じように美紅が後輩に接してくれれば、美術部のためにもなるしさ」

「はい。ありがとうございます！」

悠人の優《やさ》しさに感謝し、美紅はさっきよりも深く頭を下げた。

そして、重大なことに気づいて目を丸くする。

（あれ？　今、名前で呼んでくれた——……？）

顔を上げて悠人を見ると、とくに気にする様子もなく鞄《かばん》に荷物をいれている。

（聞きまちがいだったのかな……）

もう一度、悠人の発言を思い返してみる。

「あ、そうだ」

悠人は上着を羽織りながら思い出したように口を開いた。

「お礼の代わり……と言っては何だけど。ひとつ頼《たの》みたいことがある」

「は、はい！　何でしょうか？」

「今度の絵画コンクールに出品する人物画のモデルを探しているんだけど……よかったら、それを美紅にお願いできないかな？」

悠人は頭をかきながら少し照れくさそうに言った。

美紅の頭の中を色々な思いがうず巻きはじめる。

（また名前で呼んでくれた！　やっぱり聞きまちがいじゃなかった！　いや、っていうか――

――）

「モ、モデル⁉　私がですか⁉」

モデルという言葉のイメージと自分があまりにもかけ離《はな》れている。

信じられない様子で、美紅は目を白黒させた。

「ああ、次に描きたい作品のテーマにぴったりでさ」

「で、でも……私、美人じゃないし、子どもっぽいし……わ、私なんかでいいんですか⁉」

悠人は真剣《しんけん》な眼差《まなざ》しでこたえる。

「いや、美紅じゃなきゃだめなんだ」

揺《ゆ》れ動く気持ちが釘《くぎ》で貫《つらぬ》かれたようにピタリと静止した。

教室をただよう空気の動きさえも止まった気がする。

悠人がふたたび問いかけてくる。

「だめかな……？」

「いえ……私でよければ、ぜひ……」

まっすぐな悠人の瞳《ひとみ》に吸い込まれるように返事をする。

「よかった……ありがとう」

悠人の表情がほっと安心したようにほころぶのを見て、美紅の緊張《きんちょう》もやわらいだ。

「私、デッサンの日までにがんばってシェイプアップします……ちょっと恥ずかしいけど、先《せん》輩《ぱい》にだったら……！」

顔の前で握《にぎ》りこぶしをつくり、ガッツポーズをしてみせると、悠人は目をそらして気恥ずかしそうにつぶやいた。

「えっと、もしかするとかん違《ちが》いしてるかもしれないけど、モデルって言っても肩《かた》から上だけだから……もちろん、服もちゃんと着た状態で……」

美紅は硬直《こうちょく》した。

絵画のモデルと聞いて、勝手にヌードモデルを思い浮《う》かべてしまっていたが、普《ふ》通《つう》に考えると着衣のモデルに決まっている。

動きを止めたまま、体中が熱くなっていくのがわかった。

嘲笑《あざわら》うように、遠くの空からカラスの鳴き声が聞こえてくる。


来週の金曜日にまたレッスンをする約束を交《か》わし、美紅は悠人と別れた。

立ち並ぶマンションの向こうで太陽は沈《しず》みかけ、薄紫色《うすむらさきいろ》の空には一番星がまたたいている。

駅に向かうサラリーマンや学生の波に交じり、美術室でのことを思い返しながら歩いていく。

悠人に絵を教えてもらったこと。

名前で呼んでくれるようになったこと。

そして、コンクールのモデルを頼まれたこと——。

まさか自分がモデルになるなんて想像もしていなかったが、これも絵を描《か》く上での良い勉強になるかもしれない。それに、何より悠人から必要とされたことがうれしかった。

(でも、なんで私なんだろう? モデルに向いてそうな人なんてたくさんいるのに……)

頭の中に涼子の顔が浮かんでくる。

そうだ。たとえば涼子のような美人がモデルであれば、きっと素敵《すてき》な作品ができるに違いない。

美紅はふと足を止めた。

(もしかしたら、先輩も私のこと——……)

初夏のおとずれを感じさせる爽《さわ》やかな風が、ふわっと髪《かみ》の毛をなでていく。

春は短く、いつも足早に過ぎ去ってしまう。

「なーんてね」

通り過ぎる風に語りかけるように、美紅は微笑《ほほえ》みながらつぶやいた。

翌日の放課後、美紅と凜が美術室に着くと、男子部員たちがトランプの大富豪《だいふごう》に夢中になっている中、悠人だけが黙々《もくもく》とキャンバスに向かって絵を描いていた。

いつもの美術部の光景が広がっている。

悠人と目が合い、美紅がとっさに頭を下げると、小さく手を上げてこたえてくれた。

その様子を飯田と凜が不思議そうに見つめていた。

週末になり、世間はゴールデンウィークに突入《とつにゅう》した。

うまく休みを調整すれば十日間の大型連休になるうえ、今日は日曜日ということもあって、ニュース番組では人で溢《あふ》れ返った観光地の様子が伝えられている。


美紅は凜と一緒《いっしょ》にうわさのパンケーキ屋に来ていた。

美紅たちが住む街は大部分が閑静《かんせい》な住宅街だが、駅から住宅街に向けて続く通称《つうしょう》「オランダ通り」はお洒落《しゃれ》なカフェや雑貨屋が立ち並んでいて、休日になると遠方から遊びにくる人たちでにぎやかになる。

そんな通りの一角に先月オープンしたパンケーキ専門店は、海外の有名店が日本に初上陸したとあって話題になり、オープン初日から連日行列ができる盛況《せいきょう》ぶりだ。

美紅と凜は一時間近く並んでようやく席に案内され、お目当ての生クリームがたっぷりのったパンケーキを味わっていた。

「どう？　美紅、おいしいでしょ！　待ったかいがあったよね！」

「うん！　クリームたっぷりでびっくりしたけど、甘すぎないからどんどん食べられちゃう」

二人は満足気にパンケーキを頰《ほお》ばる。

店内は女性客が中心で、カップルや子ども連れの主婦も見かけられる。

皆《みな》、話題のパンケーキに舌鼓《したつづみ》を打って会話を楽しんでいた。


紅茶の入ったマグカップを片手に凜が問いかけてくる。

「ねえ、美紅。それで、どうだったの？」

「え、何のこと……？」

「とぼけないでよ！　悠人先輩のこと！」

紅茶をすすっていた美紅の動きが止まる。

凜はワクワクした表情で顔を近づけてくる。

「この前のレッスンの日のこと。まだ報告もらってないんですけど？」

「う……えーっと――……」

マグカップをテーブルに置くと、目を泳がせながら切り出す。

「えっと、普通に、絵のアドバイスをもらったよ……」

「うん、それでそれで？」

それ以外にも何かあると確信をもった様子で、凜はたたみかけるように質問を続けてくる。

「え⁉　それで……その……」

キラキラと輝《かがや》く凛の目を見て、美紅はあきらめた。ごまかすことはできそうにない。

「コンクールに応募《おうぼ》する絵の……モ、モデルになってほしいってお願いされた……」

話し声はだんだんと小さくなっていくが、凛は目を見開いて声を上げた。

「モデル⁉」

周囲の客がジロジロと二人に視線を向けてくる。

「ちょ、ちょっと、凛、声大きいよ！」

「あ、ごめんごめん……！」

凛はあわてて自分の口に手をあて、肩をすくめながら小声でつぶやいた。

「ふーん……モデルねえ……」

「う、うん……たぶん、私が後輩《こうはい》で、たまたま頼《たの》みやすかったからだと思うけど……」

自信なさそうにそう言って、紅茶を一気に飲み干す。

美紅をまじまじと見つめながら、凛がニヤッと笑いかけてくる。

「悠人先輩のこと、好きなんでしょ？」

あまりに単刀直入な質問に、一瞬《いっしゅん》思考が停止した。

（悠人先輩のことが好き――）

その気持ちには入学式の日から薄々《うすうす》気づいていた。けれど、それは頭の中でぼんやりと感じているだけであって、改めて言葉になって耳に入ってくると身構えてしまう。

空になったマグカップの底を見つめながら考える。

自分は悠人のことが好きなんだろうか？

はじめて会った日に悠人がみせてくれた笑顔《えがお》を思い出し、小さくうなずいた。

「うん……」

「そっか」

優《やさ》しく微笑むと、凛は紅茶をひと口飲んだ。

お腹《なか》がいっぱいになった二人は、店を出て歩き出す。

目移りするようなショップが並ぶ通りは、ブラブラと歩いているだけで楽しむことができる。とくに用事もなくこの通りを散策するのが美紅は好きだった。

「うーん、パンケーキおいしかった！　また今度こようね！」

昼下がりの陽射《ひざ》しを浴びながら伸《の》びをして凜に話しかける。

すぐに返事がないのでふり向くと、凜は少し後ろで足を止めていた。

いつになく真面目《まじめ》な顔でうつむいている。

「ど、どうしたの？　凜……？」

キュッとくちびるをかみしめると凜は口を開いた。

「あのね。私、美紅と恋《こい》バナするのがずっと憧《あこが》れだったの。ほら、中学の頃《ころ》って部活ひと筋だったから恋愛《れんあい》とか興味なさそうだったし」

凜は声のトーンを上げて、笑顔をみせる。

「今日、美紅の気持ちを聞けて、すっごくうれしかった。だから……私、全力で応援《おうえん》したい！」

その言葉を聞いて、思わず顔がほころぶ。

「凜、ありがとう」

美紅も凜と同じ気持ちだった。

この恋がうまくいくかどうかはわからない。でも、こうして凜と恋愛の話をしているだけで、少し大人になれたような気がしていた。

「でも、ひとつだけ、美紅に伝えておかなきゃいけないことがあるの……」

凛はまた表情を曇《くも》らせて続けた。

「美術部の先輩たちから聞いたことなんだけど……」

思いつめた様子を不安に思いながら、次の言葉を待つ。

言葉を選びながら、凛がおそるおそる口を開いた。

「悠人先輩……彼女がいるんだって」

「え……」

頭の中が真っ白になる。

その意味がすぐには理解できず、声を出すことも身動きをとることもできない。

立ちすくむ二人の横を、カップルや友達同士が楽しそうに会話をしながら通り過ぎていった。

第四章

夕食を終え、美紅は数学の宿題を終わらせるため、机に向かっていた。

教科書の設問を見ながらノートに計算式を書いていく。

シャーペンを握《にぎ》る力が強くなり、芯《しん》が折れてしまった。

ため息をついてシャーペンを机に置くと、教科書とノートの上につっぷす。


今日、凜から聞いたことがずっと頭の中でくり返されている。

「悠人先輩……彼女がいるんだって」

「美術部の先輩たちが悠人先輩本人から聞いたって言ってた」

「ただ、相手が誰《だれ》なのかは誰にも教えてくれないらしいの」

「これは先輩たちの予想でしかないんだけど、たぶんその相手は――」


悠人とのレッスンの日のことを思い出す。

「小野寺先輩――……」

廊下《ろうか》ですれ違《ちが》ったとき、涼子が歩いてきた方向にあるのは美術室と校務員室だけだった。

生徒が校務員室に用事があるとは考えにくいので、きっと美術室にいたのだろう。

悠人と二人きりで……。

(小野寺先輩は美人だし、絵の才能もある。悠人先輩とお似合いだ……)

鞄《かばん》からスケッチブックを取り出し、悠人と一緒《いっしょ》に描《か》いたバスケットシューズのページを開く。

自分ひとりでは到底《とうてい》描けなかった絵。

この一ヶ月間、悠人のおかげで絵を描く楽しさをたくさん知ることができた。

また凛に言われた言葉を思い返す。

「でも、今言ったことは全部先輩たちからのまた聞きでしかないから、美紅が本当に悠人先輩のことを好きなら、直接本人に聞いたほうがいいと思う」

(うん、そうだよね。ちゃんと悠人先輩に聞いてみよう――)

スケッチブックを閉じ、そっと両手で抱《だ》きしめながら自分に言い聞かせた。

夜が明けて、月曜日の朝がやってきた。

世間では大型連休と騒《さわ》がれていても、カレンダーどおり平日がやってくれば高校生は学校へ行かなくてはならない。それでも、祝日が続くこの期間のおかげでクラスメイトたちの表情はリフレッシュされているように見える。


四限目の終了《しゅうりょう》チャイムが鳴ると、いつものように凜が弁当を持ってやってきた。

「あーお腹すいた！　美紅、お昼食べよ！」

美紅は鞄の中をさぐりながら苦い顔をしている。

「美紅、もしかして……」

「うん、お弁当持ってくるの忘れちゃった……」

昨晩なかなか寝《ね》つけず、今朝は寝坊《ねぼう》して急いで家を出たため、母親が玄関《げんかん》に出してくれていた弁当袋《ぶくろ》を持ってくるのを忘れてしまっていたのだ。

「あっちゃー……美紅って昔から忘れ物多いよね」

ガクッとうなだれる美紅の頭を、凜がよしよしとなでてくれた。

「じゃあ、学食に行ってみる？　そういえば、まだ一度も行ったことなかったし」

「うん、そうする。凜、ごめんね……」

凜の提案で二人は学食に向かうことにした。

南山高校の学食はおいしいと評判だが、弁当派の美紅と凛がここに来るのははじめてだった。

カレー、ラーメン、カツ丼《どん》、焼肉定食。

食べ盛りの高校生が好きそうなメニューはだいたいそろっていて、どれも安い割にボリュームがある。

食堂内は混《こ》み合っていて、席の空きもまばらになってきていた。

「先に席とっちゃおうか」

空いた席を探していると、食事をしている眼鏡《めがね》姿の生徒が手をふりながら声をかけてきた。

「おーい！　凛ちゃん！　美紅ちゃん！」

声の主は飯田だった。向かい側の席には見慣れた後ろ姿がある。

（悠人先輩《せんぱい》だ——……）

美紅はキュッと財布《さいふ》を握りしめた。

「げっ、飯田先輩！　と、悠人先輩……」

隣《となり》に空いている二つの席を指さして飯田が手招きしている。

「あそこ空いてるってさ。どうする、美紅？」

「うん……お邪魔《じゃま》しちゃおっか」

「オッケー。じゃあ、美紅ご飯買ってきなよ。あ、私のプリン買っといて！」

凛は百円玉を二枚手渡《てわた》すと、飯田と悠人のところへ向かっていく。

美紅は券売機で明太子パスタとプリンの食券を買って、料理を受け取る列に並んだ。

凛たちのほうに視線を向けると、三人で談笑《だんしょう》しているのが見える。

悠人は黙々《もくもく》と食べていて、会話しているのは主に飯田と凛のようだが。

頭の中は悠人の彼女についてでいっぱいだった。

(悠人先輩にちゃんと確認《かくにん》しなきゃ——……でも……)

確かめることが怖《こわ》い。はたしてその勇気が持てるだろうか。

少なくとも今は飯田もいるし、こんな雑踏《ざっとう》の中でとても聞けることではない。

今日は部活があり、連休明けの金曜には二回目のレッスンがある。話をするならそのときだ。

あれこれと考えをめぐらせながら、食事をのせたお盆《ぼん》を持って凛たちが待つテーブルへ向かう。

テーブルでは飯田と悠人が向かい合い、飯田の隣に凛が座っていた。

美紅が座るのは悠人の隣のようだ。

はじめた。

美紅はプリンを凛に渡し、小さく「いただきます」と手を合わせてパスタをフォークで混ぜ
テーブルに置かれた食事をみると、悠人は牛丼、飯田はラーメンを食べている。

悠人は横目で美紅をみて返事した。

「ああ……」

ひと言ことわって、椅子《いす》に腰《こし》かける。

「あの……失礼します」


悠人と肩《かた》を並べて食べている——。

隣を意識してしまい、食事を満足に味わう余裕《よゆう》はなさそうだ。


「美紅ちゃん、聞いたよ。悠人に絵を教えてもらってるんだって？」

飯田がうれしそうに話しかけてくる。

「あ、はい。あの、私のわがままに付き合っていただいて……ありがとうございます」

隣の悠人をチラッと見て軽く頭を下げる。

悠人は少し照れくさそうにコップの水を飲む。

「悠人も後輩思いなとこあるんだなー。ねえ、美紅ちゃん、気をつけなよ。こいつ草食系に見

えて意外と肉食だから」

口に手をそえて内緒話《ないしょばなし》をするように飯田が言った。

悠人は飲んでいた水でむせたようで、ゴホゴホッとせき払《ばら》いをしている。

「えっ……肉食……？」

キョトンとした顔をする美紅の隣で、悠人が身を乗り出して抗議《こうぎ》する。

「おい、陽平！　何言ってんだよ！」

「だって、ほら。今も牛丼食べてんじゃん？」

「お前が言う肉食はそういう意味じゃないだろ！　俺は美術部のレベルの底上げを考えて――」

悠人の顔が赤くなっている。

いつもクールな悠人がめずらしく動揺《どうよう》しているのを見て、思わず笑ってしまった。

美紅に笑われてバツが悪かったのか、悠人は椅子に座りなおして牛丼を口にかきこむ。


（この空気なら、彼女のこと聞いてもおかしくないかも……）

けれど、質問する勇気を出すことができない。

（よし、水を飲んだら言おう――）

そう決めてコップの水をひと口飲み、深呼吸をする。

「あ、あの――」

「はーい、質問があります！」

美紅の声をかき消すように、凛が手を挙げて発言した。

飯田が興味深そうな顔でたずねる。

「何なに？」

「お二人は、彼女とかいるんですか？」


（えっ、凛……!?）

一瞬《いっしゅん》驚《おどろ》いたが、自分がためらっていることを察して、代わりに質問してくれたのだと気づく。

凛はいつも美紅が言いにくいことや悩《なや》んでいることを代弁してくれる。

（私、助けられてばかりだな……）

感謝すると同時に自分の不甲斐《ふがい》なさに嫌気《いやけ》がさしてしまう。


飯田は悠人に目配せをして話しはじめた。

「はいはい！　俺は今フリーです！　絶賛募集中《ぼしゅうちゅう》なので、ご応募お待ちしてまーすー飯田先輩が彼女いないのは見ればわかりますって」

凛は飯田に冷たい視線を送る。

「え、何だよそれー！」

「悠人先輩は、どうなんですか？」

ラーメンの丼《どんぶり》に向かってガクッとうなだれる飯田を無視して、凛は悠人に問いかける。

「俺は……」

目をふせて困った様子をみせる悠人を、美紅は不安げに見つめていた。

（悠人先輩……）


そのとき――。

「きゃっ！」

手がすべって、テーブルに置こうとしたコップを倒《たお》してしまった。

水はテーブルから流れ落ち、美紅のスカートにもかかっている。

「美紅、大丈夫《だいじょうぶ》？」

凛が倒れたコップを立て直す。

「う、うん。ちょっとかかっただけだから」

「よかった。私、布巾《ふきん》もらってくるね」

「ありがと、凜」

凜は立ち上がって食堂の職員のもとへ向かった。

（はあ……大事なとこで何やってんだろ……）

美紅は心底落ちこんでいた。

せっかく凜が聞き出すきっかけをつくってくれたのに台無しにしてしまった。

「制服、これで拭《ふ》きなよ」

テーブルをティッシュで拭いていると、悠人がハンカチをそっと差し出してくれた。

「あ、ありがとうございます……」

美紅は綺麗《きれい》にたたまれたハンカチをそっと受け取る。

結局、質問のこたえを聞くことができないまま、先に食べ終えた悠人と飯田は教室にもどっていった。

その日の部活では、悠人はいつもよりも早く制作を切り上げ、帰りの準備をはじめた。

くまのぬいぐるみをデッサンしながら、話しかけるタイミングをうかがっていた美紅は焦りはじめる。

「じゃあ、金曜のレッスンで」

「は、はい……！」

去り際《ぎわ》に美紅に声をかけて、悠人は美術室を出ていった。

（今日、まともに話できなかった。明日から三連休なのに……）

落ちこみながら、ぬいぐるみの頭をポンポンとたたく。

その横で、凛が肩をすくめて「やれやれ」という表情を浮かべている。

さえない気分のままむかえた三連休は、あいにくの快晴だった。

とくに出かける用事もなく家にいるつもりだったのに、ひとりで部屋にいるとあれこれと考えてしまい気持ちが沈《しず》んでくる。

気分転換《てんかん》に読みはじめた小説の内容も、まったく頭に入ってこない。

目の前に並んだ活字をぼんやり眺《なが》めていると、スマホのメッセージ着信音が鳴る。

送信者は凛だった。

「やっほー！　何してる？　暇《ひま》なら遊びにいかない？」

美紅のことを気にかけてか、凛が街に連れ出してくれた。

カフェでお茶をし、CDショップでお気に入りのバンドの新譜《しんぷ》をチェックしたあと、ロングラン中の恋愛《れんあい》映画を鑑賞《かんしょう》する。

凛と一緒《いっしょ》に過ごす時間のおかげでずいぶんと気がまぎれていた。

それでも、ふとしたときに思いめぐらせてしまう。

(悠人先輩《せんぱい》、本当に彼女いるのかな……)

映画館のスクリーンに映し出された恋人《こいびと》同士のキスシーンを見つめながら、美紅はずっと悠人のことを考えていた。

三連休が終わり、思い出したように平日の金曜日がやってくる。

生徒たちの大半は、ゴールデンウィーク真っ最中の登校日をわずらわしく感じているようだが、美紅にとっては心のオアシスのような日だ。

今日は二回目のレッスン。悠人に会える――。

かごから出された小鳥のように軽やかな気分で通学路を歩いていく
学校が終わると、凛はハンバーガーチェーン店でのバイトの面接に向かった。

「高校生になったらバイトやるって決めてたんだー。ねえ、美紅も一緒にどう⁉」

凛から誘《さそ》われ、少し考えたが自分に接客業をこなせる自信がなくやんわりと断っていた。

ひとりになった美紅は足早に美術室へ向かった。

教室にはまだ誰《だれ》もいない。

鞄《かばん》からスケッチブックと筆箱を取り出して机に置くと、椅子《いす》に腰《こし》かけて悠人を待つ。

(今日、絶対に彼女について聞こう——……！)

目を閉じて自分に言い聞かせていると、扉《とびら》が開く音が聞こえた。

画材ケースを肩《かた》から下げた悠人が「おまたせ」と言って中に入ってくる。

美紅と悠人は窓際の机に並んで座った。

部活の時間は、キャンバスに向かう姿を遠目に眺めることしかできないが、今は手を伸《の》ばせば触《ふ》れられる距離《きょり》に悠人の横顔がある。

美紅は椅子をほんの少しだけ悠人のほうへ近づけて座りなおしてみた。

「絵を描《か》くときは、モチーフが箱の中に収まっているイメージを持てるかどうかが重要なポイントになるんだ」

指で空中に四角形を描《えが》きながら悠人が話しはじめる。

「箱……ですか？」

「ああ。つまり、それがどんな高さと幅《はば》と奥行きをもっているかってことなんだけど」

そう言って、スケッチブックに直方体を描いていく。

いつもは物静かな悠人だが、絵の話をしているときは人が変わったように口数が多くなる。

美紅はそんな悠人の話に聞き入っていた。

「逆に言うと、この箱を正確に描くことができれば、狂《くる》いなくデッサンすることができる」

悠人は直方体に線を描き加え、あっという間にコップの絵を完成させる。

手品のような手さばきに感心し、美紅は「すごい……！」とつぶやいて小さく拍手《はくしゅ》した。

「複雑にみえる物でも、こうやって箱に置きかえたりすれば、思ったより簡単に描けるんだ」

悠人は美紅に目配せをすると、机の上にティッシュケースや画材ケース、辞書など直方体のモチーフを並べていく。

「と、いうわけで。今日は箱状のものを手当たり次第スケッチしてみようか。これらを色んな角度から描いてみて」

「はい！」

美紅に指示すると、悠人はそばにキャンバスと石膏《せっこう》像を置いて自身もデッサンの練習をはじめた。


悠人は美術系の大学への進学を希望しているらしい。

美術大学の入試では実技試験が重要になると聞いた。

日々デッサンに取り組んでいるのも、入試に向けての練習なのだろう。

少しずつ悠人について知っていることが増えてきた。

でも、一番気になることをまだ聞けていない。

(悠人先輩に彼女がいるんだとしたら……今、こうして二人きりで美術室にいることもいけないことなんじゃないのかな……)

美紅はスケッチブックにティッシュ箱を描きながら考えていた。

（もし、彼女がいるとしたら、私はどうするんだろう？　どうしたらいいんだろう……？）

鉛筆《えんぴつ》をそっと置いて、おそるおそる口を開く。

「あの……悠人先輩……」

悠人はデッサンに集中していて美紅の呼びかけに気づいていないようだ。

キャンバスに向ける悠人の眼差《まなざ》しは、触れたら怪我《けが》をしてしまいそうなほど鋭《するど》く尖《とが》っている。

最初のうちは怖《こわ》いと思っていたが、悠人と過ごす時間が増えるにつれて、その真剣《しんけん》な姿に引き込まれていくようになった。

（彼女がいるとしたら……このレッスン、もうお願いしないほうがいいのかな……）

「ん？　美紅、どうした？」

悠人が美紅の視線に気づいて手を止める。

「あっ……いえ！　何でもないです！　すみません！」

あわてて目をそらし、スケッチブックに顔を向ける。

（私の意気地なし……！）

心の中で自分自身を叱《しか》りつけながら、ティッシュ箱のデッサンにもどった。

スケッチブックが様々な直方体で埋《う》めつくされる頃《ころ》、最終下校のチャイムが鳴り響《ひび》く。

五月になると日没《にちぼつ》時間はかなり遅《おそ》くなり、十八時でもまだ外は明るい。

窓から空を見渡《みわた》すと、西の方角が少しずつ赤く染まりはじめている。

美紅は太陽が沈《しず》む直前に空が青から赤のグラデーションを帯びるこの時間帯が好きだった。

「悠人先輩、今日もありがとうございました！」

「ああ。また、いつでも」

悠人は画材を片づけ、制服の上着を羽織りながら言った。

このレッスンは、決まった日付で約束したものではないので、美紅から言い出さない限り次がいつになるかわからない。

（次のレッスンの約束をしたい……でも――……）

悠人の彼女のことがわからない状況《じょうきょう》で、レッスンの約束をしてもいいのだろうか。

美紅は迷っていた。

「そういえば——」

悠人が上着のボタンをとめながら口を開く。

「帰りの電車、途中《とちゅう》まで一緒《いっしょ》だよな？」

「えっ」

美紅はうつむいていた顔を上げた。


帰宅ラッシュの快速電車は混《こ》み合っていたので、美紅と悠人は各駅停車を選んで乗りこんだ。

車内は優先席しか空いておらず、座ることをためらった二人は座席の前に並んで立つ。

毎日、凜と一緒に乗っている電車だが、今は悠人が隣《となり》にいる。

そこはいつもと違《ちが》う景色に見えた。


車内では電車の走る音と、高校生やサラリーマンの話し声がうっすらと聞こえてくる。

凜と二人なら次々に話題が出てきて会話が途切《とぎ》れることはないが、悠人は積極的に話しかけてくるタイプではないし、美紅も聞き手にまわることのほうが多い。

二人の間には沈黙《ちんもく》がただよっていた。

車内に話題の糸口がないか探してみるが、視界に入るのはお酒と[illegible]など自[illegible]

無関係な広告ばかりだ。

（何か話さなきゃ――……）

「お願いしていたモデルの件――」

　話題を考えていると、横から悠人の声がする。

「え……あ、はい！」

「来週の水曜日にお願いしたいと思うんだけど、どうかな？」

（そ、そうだ！　絵のモデルを引き受けることになってるんだった）

　ここ数日、美紅の頭の中は悠人の彼女のことでいっぱいになり、モデルを引き受けていたことはすっぽりと抜《ぬ》け落ちてしまっていた。

「あ、はい。水曜日の放課後ですね。大丈夫《だいじょうぶ》です！」

　鞄《かばん》からスケジュール帳を取り出し、予定を書きこむ。

　カレンダーにまたひとつ、悠人との約束が増えた。

　美紅はうれしさと後ろめたさで複雑な感情におそわれる。

顔を上げると、電車の窓ガラスに映し出された自分たちの姿が目に飛びこんでくる。

(私たち、他人から見ると彼氏彼女に見えるのかな——……)

途端《とたん》に恥《は》ずかしくなって目をそらす。


(やっぱり、ちゃんと知りたい——……)


「あの、悠人先輩《せんぱい》……」

目をふせたままポツリとつぶやく。

「ん?」

悠人は何の気なしに返事をし、美紅のほうを向く。


「か…彼女っているんですか?」


言葉が飛び出した瞬間《しゅんかん》、周りのすべての音が遠ざかった気がした。

電車の音も、仕事の愚痴《ぐち》を話すサラリーマンの声も、女子高生の笑い声も。

すべてが無音になり、目の前を景色だけが流れていく。

やっと一番聞きたかったことを聞けた――。
けれど、大事なのはここからだ。
美紅は吊《つ》り革《かわ》をギュッと握《にぎ》りしめて返事を待つ。
悠人はしばらく窓の外を眺《なが》め、前を向いたまま口を開いた。
「……いるよ」
たった一言の返事。
美紅は自分の体にとてつもなく重いものがのしかかってくる感覚をおぼえた。
「そう……なんですね……」
やっとの思いで返事をしたが、それ以上何も言うことができない。
周囲の雑音が息を吹《ふ》き返す。
ほどなくして、電車は駅に到着《とうちゃく》した。
扉《とびら》が開くと悠人は美紅の肩《かた》を叩《たた》いて、外を指さす。

「降りる駅、ここだよね？」

駅名の立て看板を見て、ようやく最寄《もよ》り駅に到着したことに気づいた。

「あ、はい！　今日はありがとうございました！　それでは、失礼します！」

早口で悠人に別れを告げると、逃《に》げるようにホームに降りる。

電車が走り去り、完全に姿が見えなくなっても、しばらくその場を動くことができない。

線路の向こうで徐々《じょじょ》に空が夜に覆《おお》われていく。その様子を立ちつくして見つめていた。

（やっぱり……悠人先輩、彼女いるんだ……）

凛から聞いたうわさは本当だった。

心のどこかで、何かのまちがいであることを願っていた淡《あわ》い希望は、あっけなく砕《くだ》け散った。

近くで踏切《ふみきり》の警報機が鳴りはじめ、まもなく次の電車が到着する。

「帰ろう……」

美紅は力ない声でつぶやくと、改札に向かって歩き出した。

（あれ……？）

二、三歩ほど歩いてまた立ち止まり、ハッとふり返る。
（そういえば、悠人先輩ってもっと前の駅で乗り換《か》えるはずじゃなかったっけ――）

美紅の視線の先には、夜の闇《やみ》に向かって延びていく線路だけがあった。


美紅と別れた次の駅で降りると、悠人はホームに停車していた反対方向の電車に乗り換えた。

扉が閉まり、ゆっくりと電車が動き出す。

振動《しんどう》に揺《ゆ》られながら、窓ガラスに映った自分と目が合う。

「彼女っているんですか――」

さっきの美紅からの質問が頭の中でふたたび聞こえてくる。

ガラスの向こうに広がる夜空を仰《あお》ぐと、星のない空に三日月がポツリと浮《う》かんでいる。

その光は頼《たよ》りなく悠人の顔を照らしていた。

第五章

次の日、美紅は母親の声で目を覚ました。

「美紅、いつまで寝《ね》てるの。そろそろ起きなさい！」

「うーん……」

壁《かべ》にかけられたハト時計を見ると、十時をまわっている。

昨晩、遅《おそ》くまで凜と電話していたせいか、つい寝坊《ねぼう》してしまった。

閉じたカーテンの向こうでは太陽の光が満ち溢《あふ》れている。

今日も天気が良さそうだ。

「んん……春眠《しゅんみん》暁《あかつき》を覚えず……」

「あら、残念。もう暦《こよみ》の上では夏です」

布団《ふとん》にもぐりこもうとすると、母親がすかさずはぎ取った。

「休日だからってだらだらと寝てないで、さっさと朝ご飯食べちゃいなさい」

仕方なく目をこすりながら起き上がる。

「あ、そうだ。あなた今日暇《ひま》でしょう？　ちょっと電球買ってきてくれない？　洗面所の電球が切れちゃったのよ」

母親がカーテンを開けながら言った。

「ええー」と返事しながらも、しぶしぶ引き受ける。

こんな天気の良い日に部屋にいるとまた気持ちが後ろ向きになってしまうかもしれない。

外に出かける用事ができるのは都合がよかった。

駅前の電器屋で電球を買って、母親からのおつかいを早々にすませた美紅は、オランダ通りを歩きまわることにした。凜の誕生日が近づいているので、そのプレゼントを探したいと思っていたところだ。

猫好《ねこず》きな凜の誕生日には、毎年猫がデザインされたグッズをプレゼントしている。去年は猫のイラストがプリントされたマグカップ、一昨年《おととし》は猫の肉球のクッションだった。

いくつか雑貨屋をのぞいてみたが、なかなかピンとくる品物が見つからず、美紅は通りをぼんやりと歩いていた。

頭の中では、凜へのプレゼントのことを半分、もう半分は悠人のことを考えている。

悠人に彼女がいるといううわさは本当だった。

その事実を凛に伝えると、「そっか。私は美紅の味方だからね。美紅の気持ちを応援《おうえん》するよ」と言ってくれた。

そっと寄りそってくれる凛の言葉をうれしく思いながらも、自分自身の気持ちのやり場を見つけることができず、美紅は途方《とほう》に暮れていた。

(これから、どんな顔をして悠人先輩《せんぱい》に会ったらいいんだろう……あきらめたほうがいいのかな――)


下を向いて歩いていた美紅は、ふと小さな路地の入り口で足を止めた。

人通りが多くにぎやかな駅前通りだが、ひとつ裏道に入ると静かでうす暗い雰囲気《ふんいき》になる。

美紅は通りの店はだいたい知っているが、路地を見てまわったことはなかった。

(何か良いプレゼントが見つかるかも――)

そんなことを考えて、美紅は足を踏《ふ》み入れていった。

路地裏にはバーや居酒屋、スナックが点々と立ち並んでいるが、どの店もまだ開店前で静まりかえっている。期待はずれだったと思い引き返そうとしたとき、美紅は奥で一軒《いっけん》だけ灯《あか》りがついている店を見つけた。

店先まで来て看板を見ると「風のオルゴール」と書かれている。無垢板《むくいた》に手彫《てぼ》りされた看板は温かみがあり、窓からあふれるオレンジの灯りは路地を優《やさ》しく照らしていた。

「オルゴール屋さんか」とつぶやきながら、美紅は店の扉を開けた。

カランカランとベルの音をたてて中へ入ると、視界が無数のオルゴールで埋《う》めつくされる。よく見かける蓄音器を象《かたど》ったもの。

ゼンマイを巻くと人形がダンスを踊《おど》る仕かけになっているもの。

手のひらサイズの小さなものから、美紅の身長ほどある大きなものまで、様々なオルゴールが所せましと並べられている。

店主の老婦人が店の奥から「いらっしゃい」とにこやかに出むかえ、美紅は「こんにちは」と軽く頭を下げた。どうやら客は自分ひとりだけのようだ。

店内を見回すと、入り口近くの棚《たな》には新品の量産品が並んでいて、奥には骨董《こっとう》品と思われる古びた品が置かれている。

美紅は手前の棚で、猫がヴァイオリンを構えた小さなオルゴールを見つけた。そばに「ご自由に試奏してください」と書かれた貼《は》り紙があるのを見て、ゼンマイを巻いてみる。すると、楽しいメロディーにあわせて猫がくるくると回りながらヴァイオリンを弾《ひ》きはじめた。

「わあ、かわいい！」

美紅はすぐにそのオルゴールを気に入り、凜へのプレゼントに決めた。


プレゼント選びがすんだところで、もう少し店内を見てまわることにした。はじめて目にするオルゴールの数々は、仕かけを眺《なが》めているだけで飽《あ》きることがない。とくに年代物のオルゴールは、その古びた姿から作った人や使ってきた人に思いを馳《は》せることができる。


美紅は、ふとひとつのオルゴールに目をとめた。

小さな木箱の上に、ピエロの人形があしらわれている。ただそれだけのデザインだが、なぜかこのオルゴールが気になって仕方なかった。

「あの……このオルゴール、鳴らしてみてもいいですか？」

「ええ、いいわよ。お好きなだけどうぞ」

美紅がたずねると、店主は笑顔《えがお》でこたえた。

ゼンマイを巻くと、金属が張りつめる感覚が木箱を通して自分の手に伝わってくる。

木の質感からかなり古い品であることがわかるが、ほとんど傷《いた》んでおらず、ゼンマイを気持ち良く回すことができる。今まで使ってきた人たちに大切に扱われてきた証だろう。

ゼンマイから手をはなすと、物悲しいメロディーとともにピエロの人形が木箱の上で円を描《えが》くようにカタカタと回りはじめる。

美紅はしばらくその音色に耳をかたむけ、ピエロの動きを眺めていた。


（このピエロ、笑ってるのかな。それとも、泣いてる……？）


やがて、オルゴールの動きが止まると、何気なく棚に置かれた値札に目を向ける。

「えっと、いち、じゅう、ひゃく、せん、まん…じゅ……えっ!?」

そこまで数えると、美紅は目を丸くして左手にあるオルゴールを見つめた。そして、そっと両手で支えながら、お供えものをするように棚へもどす。

店主が背後から笑顔で見ていることに気づき、美紅はあわてて言った。

「え、えっとー……あ、そうだ！　このオルゴールください！」

凛の誕生日プレゼントとして選んだ猫のオルゴールを手に取り、店主に差し出す。

「はいはい。ありがとうございます。えーっと、三千六百円になります」

支払《しはら》いをすませてオルゴールを受け取ると、逃《に》げるように店を後にする。

（あんな高価なもの、気軽に触《さわ》ってよかったのかな……⁉）

美紅はよく通う雑貨屋でプレゼント用の包装紙を買うと、急いで家に向かった。

頭の中ではさっきのオルゴールの音色が鳴り続けている。

ベッドの脇《わき》に置かれた目覚まし時計がジリジリと音を立てる。

いつもはこの音で目を覚ます美紅だが、今日はすでに起きて支度《したく》をしていた。

念入りに髪型《かみがた》を整えると、「よしっ」と鏡に向かってうなずく。

朝食を終えた美紅は玄関《げんかん》で靴《くつ》をはき、「いってきまーす」と声をかけた。

「あら？」

母親が美紅の顔をのぞきこんでくる。

「えっ、何⁉　何かへん⁉」

ゴミでもついているのだろうかと、さっとスマホを取り出して画面で顔をチェックする。

「ううん。いつもよりキマってるじゃない。今日何かあるの？」

「え⁉　そ、そうかな？　たまたまじゃない？」

母親の質問にたじろぎながら、目を泳がせる。

「じゃ、じゃあ、いってきます！」

「車に気をつけるのよー」

バタンと閉まった玄関の扉《とびら》を見つめながら、母親はあごに手をあてて笑みを浮《う》かべていた。

「うちの子にもとうとう春が来たかな」

「ん？　もう桜はすっかり散ってるけど」

ちょうどそこへ、父親がネクタイをしめながらやってきたのだった。


今日は悠人と約束していた絵画のモデルをする日だ。

美紅は緊張《きんちょう》し、一日をうわついた気分で過ごしていた。

そして、悠人に対する自分の気持ちを整理できず、心に靄《もや》がかかった状態のまま今日をむかえたことを後ろめたく感じていた。

昨日の夜は悠人から「明日はよろしく」という内容のメッセージが届いていた。

めったに来ることがない悠人からの連絡《れんらく》。

うれしくなると同時に、喜んでいる自分にちょっとだけ嫌気《いやけ》がさしてしまう。

（今日、どんな顔して悠人先輩《せんぱい》に会えばいいんだろう……）

授業に身が入らないまま六限目が終わり、終業のチャイムが鳴り響《ひび》いた。

クラスメイトは部活に向かう人、帰宅する人、教室に残って談笑《だんしょう》する人、それぞれに放課後の時間を過ごしはじめる。

凛が鞄《かばん》を肩《かた》にかけ、美紅の席にやってきた。

「じゃね。私、バイトいってくる！　今日がんばってね」

この前のバイトの面接は、その場で合格をもらったらしい。今日が初出勤ということで凛は気合いが入っていた。

「うん……ありがとう。凛もバイトがんばって」

はじめてのバイトに臨《のぞ》む凛を元気に送り出してあげたいが、今の心境がそうさせてくれない。

「今日の美紅、すっごくかわいいよ！　明日また話聞かせてよね」

凛は笑顔で「バイバイ」と手をふり、教室を出ていった。

トイレで手を洗いながら、鏡に映った自分と目が合う。

表情が硬《かた》い――。

指で頬《ほお》をグイッと上げ、無理矢理《むりやり》笑顔をつくろうとするが、すぐに石膏像のように硬い表情にもどってしまう。

美紅はため息をついて美術室へ向かった。


美術室に入ると、すでに悠人がいてデッサンの準備をしていた。椅子《いす》を運びながら悠人が「よっ」と手を上げる。

「あの……よ、よろしくお願いします」

「そんなに緊張しなくていいよ。はい、ここ座って」

悠人はキャンバスから少し離《はな》れた場所に椅子を置いて手招きした。

教室のすみに寄せられた机に鞄を置いて椅子に腰《こし》を下ろす。

「はい、どうぞ」

「あ、ありがとうございます」

悠人が差し出したお茶のペットボトルを受け取ると、ひんやりと心地《ここち》よい冷たさが手に伝わってくる。

（私、硬いなあ……なんだか初対面みたい……）

せっかくのモデル体験なのだから、自然体で楽しみたいと頭では思っていても、どうしてもぎこちなさが出てしまう。

「じゃあ、早速《さっそく》はじめようか」

「あ、はい!」

悠人の言葉で、美紅はピンと背筋をのばした。

「もうちょっと力抜《ぬ》いていいよ。あと、体を少し窓のほうに向けてもらえる?」

「はい、こうですか?」

「そうそう。それで目線を窓の外に。それと、あごを少しひいてみて」

悠人の指示どおりに体の姿勢を少しずつ変えていく。

「うん、そんな感じ。疲《つか》れたら姿勢くずしていいから」

それだけ言うと、悠人はキャンバスに鉛筆《えんぴつ》を走らせはじめた。


グラウンドからの野球部のかけ声、シャッシャッシャッシャッというキャンバス地に鉛筆の芯《しん》がこすれる音、そして美紅と悠人の呼吸音だけが美術室を満たしている。

教室の時計に目をやると、まだはじまってから二、三分しか経《た》っていないが、美紅にとっては数十分、いや一時間ほどの長さに感じられた。

こんな状態で最後まで耐《た》えられるのだろうか。

沈黙《ちんもく》に震《ふる》えていると、悠人が話しかけてきた。

「大丈夫《だいじょうぶ》？　姿勢つらくない？」

「あ、いえ！　大丈夫です」

やっと生まれた会話も束《つか》の間、室内はまたすぐ静寂《せいじゃく》に包まれた。

休憩中《きゅうけい》なのだろうか、野球部の声も聞こえなくなり、静けさが際立《きわだ》ってしまう。

美紅は必死で話題を探した。

「あ、あの…どんな表情をしていればいいですか？　私、顔が強《こわ》ばってないですか……？」

「自然な感じでいいよ。と言っても難しいかな……」

悠人は鉛筆の動きを止めて、少し考えた。

「じゃあ、初恋《はつこい》の相手のことを思い出してみて」

「は、初恋⁉」

困った表情を浮かべる美紅を気にせず、悠人はデッサンを続けている。

初恋の相手――。

自分のこれまでの恋愛《れんあい》についてふり返ってみる。幼稚園《ようちえん》のときに仲良しだった男の子と「将来結婚《けっこん》する！」と約束した記憶《きおく》があるが、あれははたして恋と呼べるのだろうか。

中学二年のとき、同じクラスの男子から告白されたことを思い出す。しかし、当時の美紅はバスケに夢中で、恋に向き合う気がなかった。

思えば、美紅がちゃんと好きになった人は悠人がはじめてだ。


（初恋の相手って……今、目の前にいるよ――……）


意識してしまい、悠人の顔を見ることができなくなった美紅は、外の景色を眺《なが》めた。

中庭の樹木が風に吹《ふ》かれて新緑の葉を揺《ゆ》らしている。窓から射《さ》しこむ西日が教室内のほこりに反射し、まるでうっすらと霧《きり》がかかっているように見えた。

季節が春から夏にうつろう隙間《すきま》の時期。

窓の外も教室の中も、穏《おだ》やかで優《やさ》しい時間が流れている。

出会ってから一ヶ月半、少しずつ悠人を知ることができ、二人で過ごす時間にも慣れてきた。

しかし、自分自身の気持ちはどんどんわからなくなっていく。

悠人には彼女がいる。

その事実を本人から聞いておきながら、こうして二人きりの時間を過ごしていることが、美紅の気持ちを重くした。

（悠人先輩、どうして私をモデルに選んだんだろう……）

美紅は悠人のほうに視線を向けた。

一心不乱に鉛筆を動かすその動きは、やり場のない感情をキャンバスにぶつけているようにも見える。

ふと、悠人と目が合い、あわてて視線を窓の外にもどす。


「あっ！　す、すみません……！」

「いいよ。たまに楽な姿勢になっても大丈夫だよ」

悠人は気にとめない様子で描《か》き続けた。

「はい……そ、そういえば！　今さらなんですが、私こんな髪型《かみがた》でよかったですか？　ツインテールとか、子どもっぽすぎましたかね……？」

肩《かた》にかかった髪《かみ》の毛をさわって照れながら話す。

「幼稚園の頃《ころ》からずっと同じ髪型で、高校生になったらイメチェンしようと思ってたんですけど、結局この髪型に落ち着いちゃって……」

「かわいいと思うよ」

（えっ……？）

聞きまちがいだろうか。

キャンバス越《ご》しに聞こえてきた悠人の声に、美紅は耳を疑った。

「その髪型、すごく似合ってる。かわいいと思う」

悠人は鉛筆を動かしながら、普段《ふだん》と変わらない口調で話しかけてくる。

「ええっ⁉」

美紅は勢いよく悠人のほうをふり向いた。その動きで、前髪《まえがみ》がハラリと目にかかる。

「あ、前髪……」

「あっ！　すみません……！」

自分で髪型をなおそうとするがうまくまとまらない。

「ちょっと待って」

悠人が椅子《いす》から立ち上がり美紅の目の前にやってきた。前かがみで美紅の顔をのぞきこむと、乱れた前髪を丁寧《ていねい》になおしてくれる。

悠人の長い指が髪に触《ふ》れている。

突然《とつぜん》の出来事に、美紅はただなされるがまま動きを止めていた。

「よし。こんな感じかな」

悠人の手が離《はな》れ、今起きたことを冷静に考えてみる。


（ええええっ⁉）


美紅の心臓は鼓動《こどう》を速め、顔は赤い絵具《えのぐ》を塗《ぬ》りつけたように紅潮した。

その様子に気づいた悠人は、照れくさそうに顔をそむける。

「あ……ご、ごめん。つい……」

「いえ……あ、ありがとうございます」

うつむいたままの二人の間を、沈黙がただよっている。

「じ、じゃあ、続けるよ」

悠人は椅子にもどって鉛筆《えんぴつ》を手に取り、またキャンバスに向かい合った。

美紅の鼓動はまだしばらくおさまりそうにない。その振動《しんどう》が本から椅子へ、椅子から床《ゆか》へと伝わり、教室全体を揺らしていると錯覚してしまう。

前髪に触れた指。

吐息《といき》が吹きかかるほど近づいた顔。

ついさっき自分の目に映った光景を思い返してみる。

（悠人先輩《せんぱい》、目の下に小さいホクロがあるんだ。あと、ずっと二重《ふたえ》だと思ってたけどよく見ると奥二重だ……）

そんなことを考えながら、風に揺られる木の枝を見つめ、必死に心を落ち着かせようとした。

熱くなった手でスカートをキュッと握《にぎ》りしめながら、美紅の心の中にひとつの思いがこみ上げてくる。

（私、やっぱり先輩のことがたまらなく好きなんだ――……）

この気持ちだけは、どうあがいても偽《いつわ》ることができない。

胸を打ちつける鼓動が、自分自身にそう訴《うった》えかけているように感じられた。

でも、悠人に彼女がいる以上、気持ちを押し殺さない限り誰《だれ》かを不幸にしてしまうかもしれない。

（悠人先輩の彼女のこと……知りたい……！）

呼吸を整えながら、悠人に問いかける。

「悠人先輩……」

「なに？」

「あの……」

臆病《おくびょう》な自分をおさえつけながら、慎重《しんちょう》に言葉を選んで口を開く。

「その……先輩の彼女って……どんな人なんですか？」

迷いなく鉛筆を動かしていた悠人の手がピタッと止まる。

悠人は何もこたえず、しばらく黙《だま》りこんでいた。

横目でその顔色をうかがうと、さっきまでの鋭《するど》い目つきではなく、さみしげな表情でじっとキャンバスを眺《なが》めている。

入学式の日に出会ったときも、同じような表情をしていたことを美紅は思い出した。

「絵を描くのが大好きな人だよ」

悠人はそう言って鉛筆を置き、ペットボトルの水をひと口飲んだ。

「絵を描くのが……それって、美術部の誰かですか……？」

ペットボトルのキャップをしめながら、悠人は教室の外に視線をうつした。

夕陽《ゆうひ》に照らされた悠人の瞳《ひとみ》はキラキラと輝《かがや》きを放っている。その視線は窓の向こうに広がる景色ではなく、美紅の知らない遠い世界を見ているようだ。

「さっ、このあたりで休憩《きゅうけい》にするか」

悠人は腕《うで》を伸《の》ばしてストレッチをすると、立ち上がって上着を手に取る。

「お疲《つか》れさま。しばらく楽にしてていいよ。ちょっと気分転換《てんかん》に散歩してくる」

「あ……はい」

残された美紅は教室から出ていく後ろ姿をただ静かに見つめていた。

それ以上、悠人の彼女を話題にすることはなく、デッサンは終わった。

絵を見たかったが、「出来上がってから見せたい」という悠人の意向で、美紅は完成を待つことにした。

家に帰ると、美紅はまっすぐ自分の部屋に上がり、ベッドに寝《ね》そべった。

はじめてのモデルに疲れただけでなく、悠人に聞きたいことをきちんと聞くことができなかった自分に改めて落ちこんでいた。

(絵を描《か》くのが大好きな人。きっと美術部の誰か……やっぱり……小野寺先輩なのかな……)

凛から聞いたうわさと、悠人の話は辻褄《つじつま》が合う。

美紅は枕《まくら》に顔をうずめた。

そのとき、スマホのメッセージ通知音が鳴る。画面を確認《かくにん》すると、送信元は悠人だった。

「今日はありがとう。モデル引き受けてくれて助かった。お礼に今度の日曜、一緒《いっしょ》にご飯でもどう?」

しばらくの間、ぼんやりと画面を見つめる。

「えっと、日曜……ご飯……」

「って……ええええっ!?」

ガバッと体を起こし、画面を顔に近づけてもう一度メッセージの文面を見直す。

「こ、これって……つまり……デ、デート……?」

予想外の事態に、またしても体が熱くなっていく。

「美紅ー。ご飯できたわよー」

階段の下から母親の呼ぶ声がするが、美紅の耳にはまったく届いていなかった。

第六章

夢にも思っていなかった、悠人からのデートの誘《さそ》い――。

好きな人に近づける、と本来なら大喜びする状況《じょうきょう》のはずだが、美紅の心の中ではうれしさよりもとまどいの気持ちの方が勝っている。


(悠人先輩、彼女いるのに、いいのかな……?)


昨日のデッサンのことを思い出しながら、美紅は授業も上の空で外を眺めていた。

グラウンドでは、三年生が体力測定で短距離《たんきょり》走を行っているようだった。

(あ! 悠人先輩《せんぱい》だ……!)

すぐに悠人の姿を発見し、目が釘付《くぎづ》けになる。

五十メートル走のコースの脇《わき》を飯田と話しながら歩いている。制服姿のイメージしかないので、ジャージを着た悠人は新鮮《しんせん》に映った。

飯田の測定の順番になったようで、二人は手をふって別れる。

そして、ひとりになった悠人に近寄って話しかける女子生徒の姿が目に映る。

（小野寺先輩――……）

美紅は、背筋が冷たくなるのを感じた。

「……おやま。おい、藍山！」

教師にあてられていたことに気づき、あわてて立ち上がる。

「は、はい！」

「教科書、一行目から読んでみなさい」

「えっと……楚人《そひと》に……盾《たて》と矛《ほこ》を……ひさぐ者あり……」

「うん。その次のページの一行目からだ」

「あ……」

「藍山、景色を眺めるのは写生のときだけにしとけよ」

周囲からくすくすと笑う声が聞こえてくる。美紅は恥《は》ずかしさで顔を赤らめた。


「えええっ！　デート!?」

弁当の卵焼きを箸《はし》でつまんだまま、凜が驚《おどろ》きの声を上げる。

「ちょっ、凛！　だから声が大きいって！」

美紅は立ち上がって凛の口をおさえる。

クラスメイトの視線を集め、凛は申し訳なさそうに声のトーンを落とした。

「ごめん、またやっちゃった……」

「もう……」

呆《あき》れながら手をはなし、椅子《いす》に座りなおす。

「いやー、それにしてもまさかここまで進展するとはねえ」

凛はニヤニヤと笑いながら卵焼きを頬《ほお》ばった。

「進展……なのかな……」

今日の弁当のおかずは大好物のからあげや筑前煮《ちくぜんに》だが、なかなか箸がすすまない。

ちまちまとゴボウをかみしめながら美紅はたずねた。

「ねえ、凛……これって、その、つまり……浮気《うわき》……なのかな？」

それを聞いた凛は、箸を置いて腕組《うでぐ》みをする。

「うーん……彼女がいる状態で、他《ほか》の女の子を食事に誘う。本人に下心があるかどうかは別として、まあ一般的《いっぱんてき》には浮気と受け取られるだろうね」

「だよね……」

美紅は目をふせた。

ペットボトルのふたを開けながら凜は続ける
「でも、私は浮気どうこうよりも、悠人先輩が美紅に気がありそうってことのほうが重要だと思うけどなー」

「悠人先輩が私のこと……そんな……」

悠人からデートに誘われたということを改めて思い返してみる。

複雑な状況ではあるが、やはり憧《あこが》れの人からの誘いは純粋《じゅんすい》にうれしかった。

「もし美紅に気がないんだとしたら、ものすごく無神経なヤツか、とんでもない遊び人のどっちかってことになるけど？」

「えっ、悠人先輩はそんな人じゃないよ……！」

前のめりで反論する美紅に、凜は優《やさ》しく微笑《ほほえ》みかけた。

「ねえ、美紅。浮気かどうかを考える前に、まずは美紅と悠人先輩の気持ちをはっきりさせることのほうが大事なんじゃないの？」

「自分の気持ち……」

「美紅はさ、いつも周りに気をつかいすぎだよ。一度くらい自分の気持ちに正直になってみたっていいんじゃない？」

そう言って、凜は食事を続けた。

美紅はからあげを口に入れると、凜に言われた言葉をかみしめるように、ゆっくりと口を動かした。


モヤモヤとした気持ちにきちんと答えを出せないまま、日曜日がやってきた。

休日の二ノ宮《にのみや》駅前は行き交《か》う人々でにぎわっている。

二ノ宮駅は県内でもっとも利用客が多い駅で、南口方面には繁華街《はんかがい》やオフィスビル、北口方面にはブランド物のショップやレストランなどお洒落《しゃれ》なお店が立ち並んでいる。昼夜を問わず、たくさんのサラリーマンや観光客が利用する主要駅だ。

北口改札を出てすぐに広場があり、中心には小さな時計台が立っている。

洋風のデザインが施《ほどこ》されたその時計台は、もう何十年も前につくられたものらしいが、常に正確な時刻を刻んでいて、待ち合わせ場所として多くの人々に親しまれている。

今日もカップルや友人同士がここで待ち合わせ、皆《みな》それぞれの目的地へ歩いていく。

美紅は時計台の前に立ち、そわそわした様子で相手を持っていた。

二ノ宮駅には何度も来たことがあるが、こうして誰《だれ》かと待ち合わせをするのははじめてだ。

しかも、その待ち合わせ相手は——。

「ごめん、待った？」

顔を上げると、そこには悠人が立っていた。

グレーのジャケットを羽織り、頭にはマリンキャップをかぶっている。見慣れない悠人の私服姿に目を奪《うば》われてしまう。

「いえ、私もさっき着いたばかりです」

「よかった。じゃあ、早速《さっそく》お店に行こうか」

挨拶《あいさつ》もそこそこに悠人は通りに向かって歩きはじめ、美紅はその隣《となり》をついていく。

「そのワンピース、似合ってる」

「え、あ、ありがとうございます！　買ったばかりのワンピースなんです」

悠人にほめられ、美紅は照れながらこたえた。

昨日になって着ていく服に悩《なや》みはじめ、急遽《きゅうきょ》、母親からおこづかいを前借りして花柄《はながら》のワンピースと白のパンプスを新調したのだった。普段《ふだん》はスニーカーばかり履《は》いているので、少しだけ歩きにくい。

(悠人先輩、落ち着いてるな……慣れてるのかな……)

悠人の横顔を見つめて、美紅はそんなことを考えていた。


五分ほど歩くと、悠人は洋風のレストランの前で足を止めた。にぎやかな駅前とくらべると静かな場所は大通りから少し外れているため人通りはまばらで、落ち着いている。店の壁《かべ》に生い茂《しげ》った蔦《つた》は、きちんと手入れされていて清潔感があった。店先には黒板にチョークで書かれた手書きのメニューがあり、親しみやすい雰囲気《ふんいき》を醸《かも》し出している。

美紅は目を細めて看板に書かれている店名を読もうとする。

「アッテサ……パー……?」

「Attesa per voi イタリア語で『あなたを待つ』って意味だよ」

横から悠人が流ちょうな発音で教えてくれた。

店内に入ると、中はテーブル席が三つとカウンター席が四席のこぢんまりとしたつくりになっていた。

二つのテーブル席はもう埋《う》まっていて、カウンター席にもカップルが一組座っている。客は皆大人ばかりで、高校生は自分たちだけに見える。

奥からウェイターがやってきて挨拶をした。

二十代後半くらいだろうか。綺麗《きれい》に整えられた口ヒゲをたくわえ、堂々とした出《い》で立ちからは大人の雰囲気が感じられる。

美紅はついカッコいいと思ってしまった。

「悠人くん、お待ちしておりました。こちらの席にどうぞ」

ウェイターは二人を空いているテーブル席へと案内した。

テーブルには「Reserved」と書かれたプレートが置かれている。

「あの、このお店よく来るんですか？」

「ああ、たまにね」

悠人は椅子に腰《こし》かけながらこたえた。

美紅は物めずらしそうに店内を見回してみる。

かわいらしいシャンデリア、大きなふり子時計、レンガ造りの暖炉《だんろ》。徹底《てってい》して洋風のデザインで統一された店内は、ヨーロッパの街に迷いこんだような気分を味わえる。

壁には数枚の絵画がかけられていて、美紅はその中の一枚に目をとめた。

「綺麗な花の絵……」

白いカーテンを背景に描《えが》かれた、たくさんの黄色い花。

どっしりとした油絵具《えのぐ》の重厚感《じゅうこうかん》があり、黄色という幸福をあらわす色がメインでありながら、どこか儚《はかな》さや悲しみが伝わってくる。

(なんとなく、悠人先輩《せんぱい》が描《か》く絵に似ている気がする……)

キャンバスの右下には走り書きで「R・Minamori」と書かれていた。

「あの絵の作者、ミナモリって画家さんなんですね。何の花だろう……？」

「マツバボタンだよ」

美紅のつぶやきに、悠人がすかさずこたえた。

「えっ」

悠人の顔を見つめていると、ウェイターが水とメニューを持ってテーブルへやってきた。

「本日はご来店、誠《まこと》にありがとうございます。こちらがソフトドリンクのメニューとなっております」

受け取った二つ折りのメニューを開き、美紅は目を丸くした。

一番安いオレンジジュースでさえ八百円もする。店おススメの熟成ぶどうジュースにいたっては千四百円となっている。ドリンクがこの価格帯ということは、食事のほうはどうなるのだろろう。

美紅は財布《さいふ》にいくらお金を入れてきたかを必死で思い出そうとする。

メニューを持ったままおろおろする美紅の様子に、悠人がすかさず言い足した。

「美紅、念のため言っとくけど、値段は気にしなくていいからね」

「えっ、で、でも……」

二人の会話を聞き、ウェイターが内緒話《ないしょばなし》をするように小声で語りかけてくる。

「悠人くんのお父さんにはうちのオーナーがいつもお世話になっておりますので、今日はサービスさせていただきます。どうぞお気になさらず」

「前野《まえの》さん、ありがとうございます」

悠人はウェイターに声をかけ、美紅もそれに倣《なら》って軽く頭を下げる。

ドリンクの注文を終えてウェイターが立ち去ると、美紅は悠人に問いかけた。

「あの……悠人先輩のお父さんって……」

「ああ。ここにある絵は、じつは親父《おやじ》が仕入れたものなんだ。この店のオーナー、絵画が大好きな人で美術商をやってるうちの親父と知り合いでさ」

水をひと口飲んで、悠人はこたえた。

「お父さん、美術商なんですね。それで、ここによく来るんですね」

「まあ、そんなところ」

「もしかして、あの黄色い花の絵を描いた人とも知り合いなんですか？」

悠人は壁にかけられたマツバボタンの絵をじっと見つめた。

「ああ……」


また、あの悲しい目――。


その表情を見るたび、触《ふ》れることのできない遠い場所にいる人のように思える。

悠人が抱《かか》える悲しみの原因を知ることができる日は来るのだろうか。

そして、その悲しみを拭《ぬぐ》う存在は自分なのだろうか。

それとも、別の誰《だれ》か――。


美紅の心の中に、また靄《もや》がかかってきた。

今日はあえて考えないと決めていたが、やはり気になってしまう。

悠人の彼女は誰なのか。そして、なぜ自分は今、悠人と二人でいるのだろうか。

ひとつずつ悠人について知ることが増えてきたが、まだわからないことも多い。

美紅はテーブルに置かれたコップを手に取り、心の靄をかき消すように飲みこんだ。

食事は悠人が事前にコースを注文していたようで、二人の前に次々と料理が運ばれてくる。

前菜にはキャビアがそえられたマグロのカルパッチョ。オマール海老《えび》が豪快《ごうかい》に使われたパスタ。メインディッシュの和牛フィレ肉とフォアグラのソテー。

普段なかなか口にする機会のない豪華《ごうか》な料理に、美紅はただただ感動していた。


ドルチェのティラミスも完食し、二人はウェイターの前野に挨拶《あいさつ》をして店を出た。

腕時計《うでどけい》を確認《かくにん》するとすでに二十時をまわっている。

「門限は何時？」

時間を気にする美紅に、悠人は問いかけてきた。

「えっと、いつもは二十一時なんですが、今日は遅《おそ》くなるかもしれないって伝えてるのでもう少し大丈夫《だいじょうぶ》です」

両親には凜と一緒《いっしょ》に中間試験の勉強をすると伝えていた。

さすがに男の先輩と食事に行くとは言いにくい。

「そっか。じゃあ、あと三十分だけ付き合ってもらえる？」

そう言って、悠人は駅の反対方向に歩きはじめる。

「は、はい」

行き先がわからないまま、美紅はひとまず悠人の後ろについていくことにした。

二ノ宮駅周辺の街は大きな山の麓《ふもと》に位置しており、二人は高台に向かって歩いていることになる。

道は次第《しだい》に坂道になり、進むにつれて勾配《こうばい》が強くなっていく。

「そうだ。俺が良いって言うまで、後ろをふり向かないで」

悠人が背中越《ご》しに話しかけてきた。

ふり向くなと言われると急に後ろが気になってしまうが、言われたとおり前を向いて歩き続ける。

繁華街《はんかがい》を抜《ぬ》けて住宅街に差しかかり、歩きはじめて七、八分ほど経《た》った頃《ころ》、悠人は歩道にのびた階段を上がりはじめた。

階段の先は遊具やベンチがあり、小さな公園になっているようだ。

「あっち、見てごらん」

悠人が街の方角を指さす。

美紅は目の前に広がった景色をみて思わず声を上げた。

「わあ、綺麗《きれい》……」

目に飛びこんできたのは街の夜景だった。

視界を埋《う》めつくす巨大《きょだい》な漆黒《しっこく》のキャンバスに、白や黄、青やピンクの絵具《えのぐ》がまぶされている。

この街は夜景のスポットとして知られているが、ロープウェイで山に登っていくか、ビルの高層階や展望台からでしかその景色を眺《なが》めることはできないと思っていた。

高台に位置するこの公園からでは、街全体を見渡《みわた》すことはできないものの、その美しさの片りんを充分《じゅうぶん》に味わうことができる。

「すごい……こんな場所があったなんて……」

「子どもの頃、あの店に行った帰りは決まって親父に連れてきてもらってたんだ」

夜景に見とれる美紅に向かって、悠人が言った。

幼い頃の悠人の姿を想像し、今自分が同じ場所に立っていることを不思議に感じる。

思いをめぐらす中、この景色に見覚えがあることに気がついた。

（この前見つけた悠人先輩の絵だ――……）

街のシンボルタワーや大きな看板、遠くにうっすらと見える山の輪郭《りんかく》。

部室で見つけた悠人の絵と同じ景色だった。

きっと、悠人はこの場所で絵を描《か》いたのだろう。

空に浮《う》かぶあの幻想的《げんそうてき》な月はなく、代わりに夜景の光がちりばめられている。


美紅は悠人の絵を思い出しながらたずねた。

「先輩《せんぱい》が絵を好きなのって、やっぱりお父さんの影響《えいきょう》なんですか？」

「そりゃあ、子どもの頃から絵に囲まれて育ってきたからね。でも、親父は俺が画家を目指すことに反対してるんだ」

夜景に目を向けたまま、悠人は苦笑いをした。

「えっ……どうして……」

「親父も昔は画家だったから。絵で食べていくことの難しさを知ってるのさ」

「そんな……」


悠人の絵から感じられる、力強さの中にある儚《はかな》さ。

それは内面をありのまま投影《とうえい》した分身のように思える。

美紅は悠人自身と同じくらい、悠人が描く絵を好きになっていた。

「こんな言い方、無責任なのかもしれないですが……私、先輩にはずっと絵を描いていてほしいです」

月並みな言葉しか出てこないもどかしさを感じながらも、美紅は思いの丈《たけ》をぶつけた。

「私……ずっとずっと応援《おうえん》してます」

悠人は優《やさ》しく微笑《ほほえ》んで、近くにあるジャングルジムのほうに歩いていく。

「俺さ、どれだけ上手《うま》く絵を描けたとしても、自分の目で見たものを越《こ》えることはできないんじゃないかなって思ってるんだ」

「自分の目で見たもの……？」

「絵を描くことって、結局は自分の頭の中にあるものを写し出す行為《こうい》だろ？　頭の中にあるものが百だとして、どんなにがんばってもそれを越えることはできない」

悠人はジャングルジムにもたれかかって夜の街を見渡した。

「ほら、たとえばこの夜景をキャンバスに描《えが》き出そうとしたって、やっぱり実際に目で見て感じた景色には敵《かな》わないんだよ」

その言葉に耳をかたむけながら、美紅は納得《なっとく》できずにいた。

少なくとも美紅には、悠人が描く絵から実物にはない美しさを感じ取ることができる。

手のひらを見つめながら、悠人は自分自身に言い聞かせるように語りかけてくる。

「でも、百は無理だとしても、八十、九十って近づいていけるようにしたい。それは永遠に終わらない挑戦《ちょうせん》だから、俺が絵を描くのをやめることは絶対にないよ」

「悠人先輩……」

きっと、美紅には計り知れない葛藤《かっとう》が悠人の中にある。それを理解することはできなくても、「絵を描き続ける」という言葉が聞けただけでうれしくなった。

「偉《えら》そうなこと言ってるけど、それに気づかせてくれたのは美紅なんだ」

不意をついた言葉に、美紅は驚《おどろ》きの表情を浮かべる。

「えっ、わ、私ですか⁉」

「ああ。毎日絵の練習をがんばって、少しずつ上達して、それを心から楽しんでいる美紅を近くで見ているとさ。そうだよな。絵を描く本当の楽しさってそこだよなって気づけたんだ」

まったく予想していなかったタイミングでほめられ、胸の中にうれしさと照れくささが同時にわき上がってくる。

「だから、感謝してるよ」

美紅の顔を見ながら悠人が笑った。

久しぶりに見るその笑顔《えがお》に、美紅の心はキュンと縮まる。

光り輝《かがや》く街の方角からひんやりと冷たい夜風が吹《ふ》き、優しく二人の髪《かみ》の毛を揺《ゆ》らしていた。


二人はしばし沈黙《ちんもく》に包まれる。

美術室で過ごした時間のように会話をせかされる沈黙ではなく、心地《ここち》よい静けさ。

悠人と一緒《いっしょ》にいることに慣れてきたからだろうか。

それとも、この場所の雰囲気《ふんいき》のおかげだろうか。


今ならどんな話でもできる気がする。

でも、悠人に聞きたいことはたくさんありすぎて、何から質問すればいいかわからない。

ふと凜から言われた言葉を思い出す。


「美紅と悠人先輩の気持ちをはっきりさせることのほうが大事なんじゃないの？」


そうだ――。

まずはお互《たが》いの気持ちを確かめたい。

美紅の気持ちはもうはっきりしている。悠人はどうなのか――。

「悠人先輩……」

声をふり絞《しぼ》って呼びかける。

「どうして、今日、私のこと誘《さそ》ってくれたんですか……？」

その問いかけに、悠人は表情を曇《くも》らせた。

「それは……」

モデルを引き受けてくれたお礼——。

というだけでは説明にならないことを、悠人もわかっているようだ。

ふたたび、二人の間から言葉が消え失《う》せる。

さきほどの心地よい静寂《せいじゃく》から一変して、ピリピリと空気が張りつめている。

(悠人先輩、困ってる……？　聞かないほうがよかったのかな……でも、もうひとりでモヤモヤするのは耐《た》えられない……！)

美紅はさらに質問を続けた。

「先輩の彼女って、小野寺先輩ですよね……？　今日、二人で会ってるってこと、知ってるんですか？」

それを聞いた悠人は、目を見開いて美紅のほうをふり向いた。

次の瞬間《しゅんかん》、突風《とっぷう》が吹き、悠人がかぶっていた帽子《ぼうし》が宙に舞《ま》う。

「あっ！」

帽子をつかまえようと、とっさに手を伸《の》ばした美紅は体勢を崩《くず》してしまう。

「あぶない！」

転びそうになった美紅の肩《かた》を悠人が抱《だ》きかかえる。

地面に落ちた帽子。

至近距離《きょり》で見つめ合う二人。

美術室で前髪《まえがみ》に触《ふ》れられたときよりも、ずっと近くにある悠人の顔。

いつも突《つ》き刺《さ》すような視線でキャンバスを見つめる目。

悲しそうにどこか遠くを見つめる目。

その悠人の目が、今はただ一点、自分だけを見つめている。

美紅は息を呑《の》んだ。

「ごめん……」

悠人は目をそらし、きつく抱きかかえていた美紅の肩をそっとはなした。

なぜか、自分でも驚くほど心が落ち着いている。

「私……」

美紅は悠人のほうを向いたまま、ゆっくりと口を開く。

「私、悠人先輩《せんぱい》のことが好きです」

風が公園の木々を揺らし、カサカサと葉がこすれる音がした。

悠人と美紅の髪も、不安げに揺らめいている。

せき止めていた思いがあふれ出すように、美紅は続けた。

「入学式の日、はじめて会ったときから、私——……でも、悠人先輩に彼女がいるって知って、あきらめようとして……」

ワンピースのスカートを両手で強く握《にぎ》りしめ、地面に視線を落とす。

「だけど、こうして二人で一緒にいると、やっぱりたまらなく好きで……私、どうしたらいいかわからなくて……」

最後の方は消え入るような声になっていた。

悠人はただじっと美紅の言葉に耳をかたむけている。

「悠人先輩の気持ちを知りたいです……」

公園の横の道路を車が走り抜《ぬ》けてゆく。

エンジンの音が遠ざかり、完全に聞こえなくなると、悠人はうつむいてこたえた。

「ごめん……」

風がやみ、周囲は無音になる。

まるで地球が停止したような気がした。


ごめん――。

この言葉の意味するところは、恋愛《れんあい》経験の乏《とぼ》しい美紅でも理解できる。

悲しみよりも、ずっと心に立ちこめていた靄《もや》が晴れていく解放感のほうが大きかった。

そう、思いこもうとしているだけなのかもしれないが――。


「わかりました」

美紅は無理矢理《むりやり》に笑顔《えがお》をつくる。

今まで生きてきた中で、一番ぎこちない笑顔。

「今日はどうもありがとうございました」

それだけ言い残し、頭を下げて立ち去ろうとした。

「待って！」

背後から呼びかけられ、足を止める。

「待って。違《ちが》うんだ……」

「違うって……何が違うんですか……」

美紅は泣き出しそうになるのをこらえながらふり向いた。

「あと一年……」

訴《うった》えかけるような目で、悠人は美紅を見つめている。

「あと一年、待ってほしい。勝手なのはわかってる。でも、そうしたら、ちゃんと俺から気持ちを伝えるから……」

美紅と悠人の足元を風が通り抜けていく。

そよ風に吹《ふ》かれるだけで倒《たお》れこんでしまいそうなほど、頼《たよ》りなくたたずむ二人の姿がそこにあった。

二ノ宮駅の改札で悠人と別れ、美紅はトボトボと電車に乗りこんだ。

酔《よ》っぱらった若者たちの笑い声が車内に響《ひび》いている。

ドア横の手すりを握りしめ、悠人の言葉を思い返してみる。

（一年待ってほしいって、どういうこと……？　先輩が考えていることがわからない……）

窓の外に広がる暗闇《くらやみ》をぼんやりと眺《なが》め、深くため息をついた。

電車は悲鳴のような警笛を鳴らしながら美紅の体を運んでいく。


帰り道を歩く悠人は、立ち止まって夜空を仰《あお》いでいた。

空には厚い雲が立ち込めていて、月の姿さえ確認《かくにん》することができない。

泣き出しそうな目で、何もない暗闇をただ見つめるしかなかった。

第七章

月曜日の朝。どんよりと曇《くも》った美紅の心に対して、頭上には嫌《いや》がらせのように青空が広がっている。

美紅と凜は並んで駅までの道を歩いていた。

「ええっ、何それ！　今の彼女と別れるまで待ってろってことでしょ？　それって、つまり『キープ』じゃん！」

凜がしかめっ面《つら》で声を上げた。

「やっぱり……そう受け取れるよね……」

自分でも薄々《うすうす》気づいていたことを改めて聞かされ、美紅は肩《かた》を落とす。

「私、応援《おうえん》するとは言ったけど、傷つくことが目に見えてる状況《じょうきょう》なら話は別だよ？」

元気のない美紅の様子を見て、凜は落ち着いた声で話す。

美紅はか細い声で「うん」と返事してうつむいた。

その姿を見かねたのか、凜はなんとか空気を変えようと大きく息を吸ってまくしたてる。

「だいたいさあ！　一年も待てなんてひどい話よね！　ＪＫの一年間って人生で一番大事な時

間なんだよ⁉ あーやだやだ！」

身ぶり手ぶりを加えた大げさな凜の演説に、美紅はおかしくなりつい吹き出してしまう。

「ふふふ」

予想外の反応だったのか、凜はキョトンとした表情を浮《う》かべている。

「ありゃ、私、何か変なこと言った？」

「ううん。凜らしいなって思って」

心の中で凜に感謝し、さっきよりも明るい気分で駅に向かって歩き出した。


終業のチャイムが鳴り、美紅は凜と二人で部活に向かった。

緊張《きんちょう》しながら美術室の扉《とびら》を開けると部員が何人かきていたが、悠人の姿は見当たらない。

「よっ、美紅ちゃんに凜ちゃん。あ、今日は悠人のやつ、家の用事で欠席だよ」

二人に気づいた飯田が近づいて話しかけてくる。

「そうなんですね」

美紅は悠人がいないことを知り、心のどこかでホッとしていた。

昨日の今日で、まだどんな顔をして会えばいいのかわからない。

飯田が教卓《きょうたく》の前に立ち、オホンとわざとらしくせき払《ばら》いをする。

「美術部の諸君。それでは、本日の活動を開始いたします。今日はなんと、バスケ部は他校との練習試合、バレー部は県大会の予選ということで、めずらしく体育館が無人状態です」

そう言って、指でクイッと眼鏡《めがね》を上げ、教卓の下からボールを取り出した。

「というわけで、今日は美術部、演劇部、書道部、落語研究会による第三回文化部対抗《たいこう》フットサル大会を開催《かいさい》します！」

飯田がボールを高らかに掲《かか》げると、男子部員たちが歓声《かんせい》を上げる。

「よっしゃああ！　今回こそ優勝目指すぞ！」

「うおお！　打倒《だとう》、演劇部！」

「はっきり言って、書道部と落語研は雑魚《ざこ》！　演劇部を攻略《こうりゃく》できるかどうかが優勝への鍵《かぎ》だ！　参加する意志のある者は体育館へ集合！」

飯田は男子部員を引き連れて美術室を飛び出して行った。

「あほらしー。帰ろー」

「あ、ヴィレヴァン寄って帰ろうよ」

残された女子部員たちも呆《あき》れた顔で部屋から出ていく。

室内には唖然《あぜん》とした表情で立ちすくむ美紅と凜だけが残されていた。

「はあ……美紅、私たちも帰ろっか」

「うん、そうだね……」

二人が教室から出ようとすると、香水《こうすい》の香《かお》りをただよわせながら、一人の女子生徒が入ってきた。


小野寺涼子だ。


「あ、涼子先輩《せんぱい》……こんにちは」

「小野寺先輩、こんにちは……」

涼子に会釈《えしやく》した凜に続いて、美紅もぎこちなく挨拶《あいさつ》をした。

美紅にとって涼子はもともと苦手な存在だったが、悠人の彼女という可能性がほぼ確実になりつつある今、もっとも会いたくない人物だった。

「真辺《まなべ》さん、こんにちは」

涼子は凜に返事をすると、美紅のほうを向いた。冷たい視線がつき刺《さ》さる。

「藍山さん。今、ちょっとお話いいかしら？」

「えっ、私ですか……？」

美紅は驚《おどろ》いて自分の顔を指さした。凜がすかさず口をはさむ。

「えっと、私はいないほうがいいですか？」

「そうね。申し訳ないのだけど。すぐ終わるわ」

「はーい。美紅、校門で待ってるね」

凜は目配せをしながら部屋を出ていった。

涼子と二人きり――。

重く張りつめた空気があたりに立ちこめ、生きた心地《ここち》がしない。思えば、涼子とはまともに会話をすることもはじめてだ。

一体、何を言われるのだろう。

おそるおそる話がはじまるのを待っていると、涼子は窓際《まどぎわ》へ歩き出した。

「藍山さん。私と悠人のこと、もしかすると誰《だれ》かからうわさで聞いたことがあるかもしれないけど、どうかしら？」

美紅の体が凍《こお》りつく。

予想はしていたが、やはり話というのは悠人とのことだ。

「お二人が、付き合ってること……ですか……？」

涼子は窓際にたたずみ、美紅のほうをふり向いた。

「そう。それでね、私、あなたが悠人に好意を寄せていること知っているわ」

「好意……」

涼子は腕組《うでぐ》みをして眉間《みけん》にしわをよせた。

「率直《そっちょく》に言わせてもらうわね。もう悠人のことをたぶらかすのはやめてほしいの」

「そんな！　たぶらかすだなんて……私っ……！」

「あら。聞くところによると、よくここで二人きりで過ごしているそうじゃない。一体、何をしているのかしら」

自分の顔から血の気が引いていくのを感じる。

「そ、それは……私、悠人先輩にデッサンを教えてもらってて……」

「本当にそれだけ？」

「本当です！」

声を荒《あら》らげる美紅を気にせず、涼子は扉のほうへゆっくりと歩きはじめた。

「何をしていたかは二人しか知らないんだから、何とでも言えるわ。いずれにせよ、彼女がいる人と密室で二人きりになれるなんて、見かけによらず太い神経の持ち主なのね」

涼子の一言一言が心をえぐる。

美紅はその場から逃《に》げ出してしまいたくなる気持ちを必死でこらえて踏《ふ》みとどまった。

「わ、私……」

「とにかく、もう悠人に近づくのはやめてもらえるかしら？」

涼子は美紅の真横で立ち止まり、横目でにらみつけた。

「迷惑《めいわく》なの」

吐《は》き捨てるように言い残して、涼子は美術室から出ていった。

廊下《ろうか》には冷たい足音が響《ひび》いている。


ひとり美術室に残された美紅は、崩《くず》れ落ちるようにその場にしゃがみこんだ。


帰り道、凜は美紅のことを心配してくれていたが、「絵のことでアドバイスをもらっただけ」と嘘《うそ》をついた。正直に凜に話せば、すぐにでも涼子のもとへ抗議《こうぎ》しにいきかねない。

今はこれ以上、事を荒立《あらだ》てたくはなかった。

疲《つか》れきって帰宅した美紅は母親の「今日は早いのね」の声にもこたえず、吸い込まれるように自分の部屋へ上がり、ベッドに倒《たお》れこんだ。

そのまま時間が過ぎ、気がつくと外は薄暗《うすぐら》くなっていた。

「美紅。ごはんよー」

母親が部屋のドアをノックして呼びかけてくる。

「いらないって……具合悪いの？」

ドアの向こうから母親の心配そうな声が聞こえる。

「うん……大丈夫《だいじょうぶ》。ちょっと寝《ね》てれば良くなると思う……」

「そう……じゃあ、あとで食欲《しょくよく》出たらレンジであたためて食べなさいね」

母親が階段を下りていくのがわかった。

美紅は枕《まくら》に顔をうずめたまま眠《ねむ》りに落ちた。


カーテンの隙間《すきま》からこぼれる朝日に照らされ、美紅は目を覚ます。

「あちゃ……制服のまま寝ちゃった……」

寝ぼけ眼《まなこ》をこすりながら目覚まし時計を確認《かくにん》する。

時計の針は八時二十分を指していた。

「ああぁっ!!」

「あら、そんなにあわててどうしたの？」

勢いよく階段をかけおりた美紅に、母親がのん気に声をかける。

「お母さん！　どうして起こしてくれなかったの!?」

「なんで？」

「学校！　遅刻《ちこく》！」

美紅は急いで洗面所にかけこむ。母親は腰《こし》に手をあてて呆れた顔をした。

「だって、今日は創立記念日でお休みでしょう？」

その言葉を聞いて、美紅はドライヤーを持ったままピタッと動きを止めた。

「あ……」


「あら、もう出るの？」

ダイニングから出てきた父親に、母親が声をかける。

「うん、ちょっと早めに出社して取りかかる仕事があってね。美紅、もう体調は良いのか？」

「うん……もう大丈夫……」

バツが悪そうにこたえると、父親はスーツの上着を羽織りながら続けた。

「体調が悪くても、ご飯はちゃんと食べなさい。せっかくお母さんが用意してくれてるんだから」

「はい……」

玄関《げんかん》のほうから「いってらっしゃい」「いってきます」という両親の会話が聞こえてくる。

今日が創立記念日でなかったら、危《あや》うく大遅刻をするところだった。

美紅はほっと胸をなで下ろしてシャワーを浴び、部屋にもどると鞄《かばん》の中身を整理した。

教科書やノートを片づけながら、ふと鞄の中にあるスケッチブックに目がとまる。

手にとってページをめくり、悠人と一緒《いっしょ》に描《か》いたバスケットシューズの絵を眺《なが》めていると、涼子から言われた言葉がよみがえる。


「悠人に近づくのはやめてもらえるかしら――」


スケッチブックを握《にぎ》る手にグッと力をこめた。

(もう、悠人先輩《せんぱい》のことは忘れよう……美術部にも、いかないほうがいいのかな……)

これまで悠人と過ごした時間がフラッシュバックする。

美術室でデッサンを教えてもらったこと。

絵画のモデルを引き受けたこと。

一緒に夜景を見たこと。

「あと一年、待ってほしい。ちゃんと俺から気持ちを伝えるから――」

頭の中に悠人の声が聞こえてくる。

(どうして一年も待たなきゃいけないの？　ちゃんと気持ちを伝えるって……どういうこと……？)

「ねえ、悠人先輩……わからないよ――……」

美紅は消え入るような声でつぶやいた。

「美紅と悠人先輩の気持ちをはっきりさせることのほうが大事なんじゃないの――」

また凜の言葉を思い出す。

「悠人先輩の気持ち……」

スケッチブックを机の上に置くと、美紅はスマホを手に取った。

(やっぱり、悠人先輩の気持ちを知りたい。このままあと一年も待つなんてできないよ……)

チャットアプリを立ち上げると、文章を打ちはじめる。

「悠人先輩。次の日曜日、十五時に駅前の時計台で待ってます。先輩の気持ち、ちゃんと知りたいです」

打ち終わると、スマホを胸にあてて深呼吸をした。

相手の都合を考えない、一方的な約束の取りつけ。

普通《ふつう》に考えれば常識外れなのかもしれないが、配慮《はいりょ》している余裕《よゆう》なんてない。

(これでもし来てくれたら、もう一度私の気持ちを伝えよう。そして、悠人先輩の気持ちも聞きたい)

目を閉じて自分に言い聞かせる。

(来てくれなかったら……そのときは、もうこの恋《こい》はあきらめよう……)

美紅は震《ふる》える指で送信ボタンを押した。


その頃《ころ》、悠人は飯田と、市内にある墓地をおとずれていた。

大きな公園に隣接《りんせつ》するこの墓地は緑に囲まれ、どの墓も綺麗《きれい》に手入れされている。

お参りする予定の墓石の前まで来ると、初老の夫婦《ふうふ》が墓参りをしている最中だった。

夫婦に挨拶《あいさつ》をすると、悠人は持っていた袋《ふくろ》からマツバボタンの花を取り出し、そっと花立てに飾《かざ》った。

「皆森《みなもり》家之墓」と書かれた墓石をじっと見つめ、手を合わせて目を閉じる。

お参りを終えた二人は墓地の出入り口へ向かって歩いていた。

「もうあれから二年も経《た》つのか……」

「ああ。時間が流れるのは早いもんだよな……」

神妙《しんみょう》な面持《おもも》ちでつぶやく飯田に、悠人は前を向いたままこたえた。

二人は遠くを眺め、過去のことを思い返していた。

頭上に浮《う》かぶ初夏の白い雲が二人を見おろしている。

「なあ、悠人。美紅ちゃんのことなんだけどさ」

飯田は言葉を選ぶように、慎重《しんちょう》に語りかけてきた。

美紅の名前に、悠人は驚《おどろ》きを隠《かく》せない顔で飯田のほうをふり向く。

「ちょっとかわいそうじゃないか？　お前……まだ、あの約束に縛《しば》られてるのかよ……？」

悠人は立ち止まり、足元の砂利《じゃり》に視線を落とす。

飯田もその少し後ろで足を止め、ジャケットの内ポケットに手を入れた。

何かを取り出そうとしている様子だ。

「あのさ、悠人——……」

入り口のほうからやってくる人影《ひとかげ》に気づき、悠人がつぶやく。

「涼子……」

内ポケットから出そうとしたものをもどし、飯田はズボンのポケットに手をつっこんだ。

「二人とも、もう終わったの？」

涼子が二人の前まできて話しかけてくる。

「ああ。今、ご両親もいらっしゃってるよ」

「そう。じゃあ、私もお参りしてくるから、ちょっと待ってて」

「あっ、俺はこの後用事があるから先に行くよ。また明後日《あさって》の部活で！」

飯田は明るい調子で言って、手をふりながら立ち去っていく。

残された悠人と涼子は顔を見合わせた。


墓参りを終えると、二人は近くの喫茶《きっさ》店《てん》に立ち寄った。平日の昼時とあって、店内はサラリーマンでにぎわっている。

悠人と涼子が座るテーブルにアイスコーヒーが二つ運ばれてきた。

「たしか、麗華《れいか》が亡《な》くなった日も、こんなよく晴れた日だったわよね」

涼子は窓の外を見つめながらつぶやく。薄暗《うすぐら》い店内が、外の明るさをより際立《きわだ》たせている。

「そうだな……」

悠人はグラスにストローを挿《さ》してアイスコーヒーをすすった。

「昨日は部活に行ったのか？」

グラスをテーブルに置いてたずねる。

「ええ、行ったわ。でも美術室に誰《だれ》もいなかった」

「え？」

「男子は体育館でフットサル大会。女子は呆《あき》れて帰っちゃったの」

「はあ……陽平のやつ……」と、悠人はため息をついた。

「陽平は皆から愛されてはいるけど、部長ってタイプじゃないわよね。あなたが部長をやればよかったのに」

小さく笑いながらそう言うと、涼子もアイスコーヒーを飲みはじめる。

「俺だって部長ってたまじゃないよ」

「そうかしら？　あ、そうだ。皆帰っちゃったけど、藍山さんと真辺さんはいたわ」

悠人はピクリと反応する。グラスの中の氷がカランという音を立てて崩《くず》れる。

「ふーん……何か話したのか？」

「まあね」

涼子はそっけなく返事すると、アイスコーヒーを飲み続けた。

会話は途切《とぎ》れ、店内の話し声や物音だけが二人の耳に聞こえてくる。

悠人はしばらく外の景色を眺《なが》め、おもむろに立ち上がった。

「トイレ」

「いってらっしゃい」

涼子は指をひらひらさせて悠人を見送る。

不意に、テーブルに置かれた悠人のスマホからメッセージの着信音が鳴った。

涼子が何となくのぞきこんでみると、待機画面に表示された送信者の名前は「美紅」だった。

トイレのほうを警戒《けいかい》しながら、涼子はチャットアプリを開きメッセージを確認《かくにん》する。

「悠人先輩《せんぱい》。次の日曜日、十五時に駅前の時計台で待ってます。先輩の気持ち、ちゃんと知りたいです」

美紅からのメッセージを読んだ涼子はくちびるをかみしめ、画面上を親指で強く押した。

そして、表示されたメニューから「削除《さくじょ》」を選択《せんたく》し、美紅からのメッセージを消去するとスマホをテーブルの上にそっと置いた。

ほどなくして、悠人がトイレから帰ってくる。

心なしかそわそわした様子の涼子を見て悠人は怪訝《けげん》な表情を浮かべた。

「どうかした？」

涼子はうろたえながらも平静を装《よそお》う。

「う、ううん。なんでもない」

悠人が不審《ふしん》な顔で見つめていると、涼子はごまかすように明るい声で話しはじめた。

「あ、そうだ！　ねえ、悠人。今度の日曜日、何してる？」

「いや、とくに何もないけど」

「それなら、県立美術館で開催《かいさい》しているモネ展に一緒《いっしょ》に行ってみない？」

「モネか。うん……いいよ。行ってみたいと思ってたんだ」

「じゃあ、決まり！　その後、久々にご飯でも行こうよ。私、おいしいフレンチのお店見つけたの！」

「ああ、いいよ」

「それじゃあ、十五時に駅前で待ち合わせね」

涼子は悠人から目をそらしたまま、アイスコーヒーを飲み干した。

第八章

メッセージに対して悠人からの返事が来ないまま、美紅は日曜日をむかえた。

深く沈《しず》んだ気持ちで家を出ると、力いっぱい照りつける太陽が出むかえてくれた。

五月が終わりに近づくと急に気温が上がり、季節は着実に夏へと向かっている。

今日も街ゆく人は大半が夏の装いだ。


美紅は約束の時間より少し早めに時計台に着いていた。

そもそも、約束ができているかもわからないけれど――。

広場にはいつもどおり多くの人々が行き交《か》っているが、見慣れたはずの景色が違《ちが》って見える。

悠人は来てくれるだろうか――。

美紅はチャットアプリを起動してみる。返信はないものの、アプリ上では「既読《きどく》」の状態になっているので、メッセージに目を通してはいるはずだ。もちろん、何かのまちがいで見落としている可能性はある。

（念のため、もう一回送ってみようかな……）

メッセージを打とうとしたが、すぐに思いとどまってスマホを鞄《かばん》にしまう。

先週の木曜日、美紅は美術部に入部して以来はじめて部活を休んだ。

悠人に会うことも、涼子に会うことも、たまらなくこわかったからだ。

今日の成り行き次第《しだい》では、もう美術部に顔を出すことは難しくなるだろう。

高校生活の中で見つけた唯一《ゆいいつ》の居場所。

そして、初恋《はつこい》の人――。

その両方を同時に失うかもしれない。そんな考えが頭をよぎり、小さく身震《みぶる》いをする。

（たとえどんな結果になっても、絵を描《か》くことだけは続けたい。やっと見つけた、私自身を表現できる手段なんだもん……）

そう心に誓《ちか》いながら、腕時計《うでどけい》に視線を落とす。

時計の針は十四時五十五分を指している。まもなく約束の時間だ。

美紅は不安そうな目で空を見上げた。

「おまたせ」

駅前の雑踏《ざっとう》の中、悠人は待ち合わせ相手のもとへ歩いていく。

その視線の先にいるのは涼子だった。

高価な洋服に身を包み、ブランド物のバッグやアクセサリーで着飾《きかざ》った涼子は、学校にいるときよりさらに輝《かがや》きを放っている。すれ違う人が思わずふり返ってしまうほどの美しさだ。

「こうして一緒に出かけるのも久しぶりね。さあ、いきましょ」

涼子に促《うなが》されるまま、二人は美術館に向かって歩き出した。

「モネ展」と大きく打ち出された看板の前には、美術館への入館待ちをする人々が列をなしている。涼子の父親のツテで関係者口から入った二人は、偉大《いだい》な画家・クロード＝モネの作品をじっくり鑑賞《かんしょう》してまわった。

かの有名な「睡蓮《すいれん》」や印象派の名前の由来にもなった「印象・日の出」など、教科書や雑誌で何度も目にした作品の実物に、悠人はかじりつくように見入った。

やがて出口が近づき、最後の展示室に入ると、涼子は「日本の太鼓橋《たいこばし》」の前で立ち止まる。

「モネは『睡蓮』などの光あふれる作品のイメージが強いけど、晩年、白内障を患《わずら》い色彩を失ってからは表現が一変したのよね。まさにこの『日本の太鼓橋』がそう」

キャンバスに荒々《あらあら》しく塗《ぬ》り重ねられた重厚《じゅうこう》な色彩《しきさい》。塗るというよりも絵具《えのぐ》を叩《たた》きつけたように描《えが》かれた太鼓橋は、かろうじてその輪郭《りんかく》が見てとれるまでに抽象《ちゅうしょう》化されている。

「この絵から感じる印象。あなたにそっくり」

目の前の壮絶《そうぜつ》な絵画を見つめながら、涼子はいたずらっぽく微笑《ほほえ》んだ。

「え、お、俺……？」

予想していなかった発言に、悠人はとまどいの表情を浮《う》かべた。

「俺が描く絵が似てるってことか……？」

「というより、あなた自身？　目で見たものではなく、心の中にあるものを必死で描き出そうとしている様子が……」

「それは、何とも光栄なことで」

腑《ふ》に落ちず、悠人は気のない返事をした。

時計の針がゆっくりと回り、十七時を指し示す。

美紅が広場に着いたときに時計台の前で待ち合わせをしていた人たちはすでに誰《だれ》もいなくなっていて、新しい顔ぶれが大切な人を待っている。

まるで自分ひとりが世界に取り残されたような気がしてくる。

（待ち合わせは二時間前……ここにひとり……）

（それが答えなんだよね？　悠人先輩《せんぱい》――……）

心の中で悠人に問いかけ、美紅は駅に向かって歩きはじめた。

ゆっくりと頼《たよ》りない足取りで広場の出口まで歩みをすすめ、そっと立ち止まる。

（今、ここで帰ったら、認めてしまったら……すべてが終わってしまう――……）

ハンドバッグを強く握《にぎ》りしめ、時計台の方向をふり返った。

たくさんの人が待ち合わせをしている中、さっきまで自分がいたスペースだけがまだぽっかりと空いている。「ここがお前の居場所だ」と言わんばかりに。

（認めることで前に進めるのに……）

目を閉じて深呼吸をすると、美紅は時計台に向かって歩き出し、元いた場所へもどった。

（何時間でも待ってみよう。今、とことん惨《みじ》めな思いをしたほうが、ちゃんとあきらめることができる気がする……）

目の前を行き交う人。そして青空を流れてゆく雲さえ、自分のことを嘲笑《あざわら》っているように見える。

それでも、美紅は背筋を伸《の》ばし、まっすぐ前を向いた。


その日の夕暮れ時、凛はハンバーガーショップで接客をしていた。

駅近くの大通りに面した店舗《てんぽ》は、休日になると食事時でなくともひっきりなしに客がやってくる。

飲みこみの早い凜は、バイトをはじめてまだ二週間足らずにもかかわらず、主戦力としてレジに立っていた。


「ありがとうございました！　またお越《こ》しくださいませ！」

商品を受け取って立ち去る客に、凜は元気に挨拶《あいさつ》をする。

店長の名札をつけたスタッフが声をかけてきた。

「凜ちゃん、ここから忙《いそが》しくなるから、ちょっと十分ほど休憩《きゅうけい》してな！」

「あ、はーい！」

凜は壁《かべ》にかけられた時計に視線を向けた。

「十七時か……」

（美紅、悠人先輩と会えたのかな……）


大好きな美紅におとずれたはじめての恋。

どうにかして幸せをつかんでほしいと願っているが、内心この恋はむくわれないのではないかと予感していた。

窓ガラスの向こうを行き交《か》う人波を眺《なが》め、深くため息をつく。

ふと、通りを歩く人混《ひとご》みの中に見慣れた顔を見つけ、凜は目を細めてその人物を見つめた。

（悠人先輩だ……！）

そして、すぐさまその隣《となり》にいる人影《ひとかげ》にも気づく。

（あれは……涼子先輩……）

凜はコーラの入った紙コップを握りしめた。

今ここに悠人がいるということは、きっと美紅の約束はすっぽかされたのだ。

そればかりか、美紅のことを気にする様子もなく何食わぬ顔で涼子と過ごす悠人を見て、怒《いか》りにうち震《ふる》える。

凜は勢いよく帽子《ぼうし》を脱《ぬ》ぎ捨てて声を上げた。

「店長！　二時間ほど休憩いただきます！」

「はーい！　いってらっしゃ……って、ええっ⁉」

驚《おどろ》いた店長は持っていたポテトを床《ゆか》にバラまいたが、凜はかまわず走り去っていた。

何か一言ぶつけてやりたい。そんな衝動《しょうどう》にかられ、バイトの制服姿のまま二人を追いかける。

ようやく追いつきそうになったとき、涼子が手を挙げてタクシーを停《と》めた。

凛はあわててペースを上げるが、二人はタクシーに乗りこんで走り去ってしまう。

「ああっ、もうっ‼　どうしよう……」

イラ立つ凛はあごに手をあててしばらく考え、ハッと顔を上げた。

「そうだ……！」

ポケットからスマホを取り出すと急いで電話をかける。


「はい、もしもーし。ふあぁ……」

電話に出たのは飯田だった。電話口からあくびが聞こえてくるが、もしやこんな時間まで寝《ね》ていたのだろうか。一体どれだけ生活リズムがくるっているのか。

しかし、今の凛にはそんなことを気にとめている暇《ひま》はない。

「飯田先輩！　お願いがあるんですが、悠人先輩の電話番号を教えてもらえないですか⁉」

「あー凛ちゃん、おはよー。って、なんで悠人の電話番号？」

「あの、えっと……とにかく急ぎで連絡《れんらく》を取りたくて！」

「うーん、だめだよ。アイツ、知らない番号からの電話は絶対出ないから」

「うっ……じゃあ、飯田先輩から悠人先輩に今どこにいるか聞いてもらえないですか⁉」

「えっ？　なんでそんなこと……」

「いいからお願いします！　時間がないんです！」

「そりゃ無理だよー。悠人にだってプライバシーってものが――」

「部費で漫画《まんが》やゲーム大量に買ってること、生徒会にバラしてもいいんですか⁉」

凛はスマホに向かって大声で叫《さけ》んだ。


悠人と涼子はレストランの席に着き、料理のオーダーを終えたところだった。

白を基調としてデザインされた店内は清潔感と高級感にあふれている。客席は吹《ふ》き抜《ぬ》けの二階建てになっていて、中央の天井《てんじょう》からは巨大《きょだい》なシャンデリアが吊《つ》るされ、店内をくまなく照らし出していた。客層は三十代以上とみられる社会人が多い。

「豪華《ごうか》な店だな……」

「良いところでしょう。この前、お父様に連れてきてもらったの」

フードメニューをウェイトレスに返しながら、涼子は得意気にこたえる。

そのとき、悠人のスマホの着信音が鳴り響《ひび》く。

「陽平からだ。ごめん、表で電話してくる」

そう言って悠人は店外に出た。

通話ボタンを押すと、びっくり箱を開けたように飯田の大声が聞こえてくる。

「あ、悠人!! 悪い！ ちょっと聞きたいんだけど、今どこにいる!?」

「今？ 涼子と一緒《いっしょ》にレストランに来てるけど？」

「どこの店？」

「けやき通りの『REPOSER』ってフレンチの店」

「そっか！ ありがとう！ これでリークされずにすむ！」

「リ、リークって……？」

「いや、こっちの話！ じゃあ！」

飯田は自分の用件だけすませると、そそくさと電話を切った。

「なんなんだ……？」

悠人は訳がわからず、スマホの画面を見つめるしかなかった。


美紅の背後にたたずむ時計の針は、十九時十五分を指している。

あたりは暗くなり、時計台で待ち合わせをする人の顔ぶれもサラリーマン風の大人が多くなってきた。

オレンジ色の街灯にぼんやりと照らされた広場は、クリスマスシーズンになると華やかなイルミネーションで彩《いろど》られ、いつも以上にカップルでにぎわう。

今がその時季でなくて良かったと美紅は心底思った。

指定した十五時からすでに四時間以上が経《た》っている。

もう悠人はこない。それは美紅も充分《じゅうぶん》に理解していた。あとは自分自身の気持ちに折り合いがつけられるまで待つだけだ。だが、そろそろ足は限界に近づきつつある。

(信じられない……信じたくない……でも——……)

ここまでにしようか——。

「ねえ、君。ちょっといい?」

突然《とつぜん》の呼びかけで考えが遮《さえぎ》られ、美紅は一瞬《いっしゅん》自分のことだとわからずにいた。

声のほうを向くと、学生風の男が二人、美紅を見つめて立っている。

「わ、私……ですか……?」

「うん。俺らさっきからそこにいるんだけど、君もう一時間以上ここに立ってるよね？　もしかして、彼氏に約束すっぽかされた？」

「よかったらさ、そんなひどい彼氏のこと忘れて、俺らと遊びに行かない？」

二人は美紅を挟《はさ》みこむように取り囲んだ。

「えっ……」

ようやくこれがナンパだということに気がつき、肩《かた》をすぼめる。

「す、すみません……私、失礼します……！」

美紅はその場を立ち去ろうとした。

しかし、次の瞬間、強い力で体をグイッと引きもどされる。

男の一人が美紅の腕《うで》をつかんでいた。

「ちょっと待ってよ。冷たいなー」

「いいじゃん。どうせ暇なんでしょ？」

二人はさっきよりも強い口調で話しかけてくる。

美紅はこわくなり、勢いよく腕をふりほどいた。

「いやっ……！　はなしてください！」

その様子を不審《ふしん》に思った周囲の人々がジロジロと視線を向けてくる。

二人は「マズイ」という表情を浮《う》かべてうろたえはじめた。

「ったく。何だよ。すっぽかされた分際でお高くとまりやがって……」

「あー、テンション下がるわ。行こうぜ」

そう言い残して、二人は逃《に》げるように去っていく。


体中を強《こわ》ばらせていた美紅だったが、足に力が入らなくなり、その場にしゃがみこんだ。

目から涙《なみだ》がこぼれ落ちそうになる。

（だめ……こんなところで泣いていられない。この恋《こい》にちゃんと別れを告げるまで……）

美紅は両手で目を拭《ぬぐ》って立ち上がった。


悠人と涼子が食事をするテーブルにはメインディッシュの肉料理が運ばれてきていた。

涼子は慣れた手つきでナイフとフォークをあやつり、綺麗《きれい》にステーキを切り分けていく。

「私、いつまで待っていればいいのかしら。そろそろ返事を聞かせてもらいたいのだけど」

悠人は食器を置いてしばらく黙《だま》りこみ、口を開いた。

「ごめん……俺には麗華が――」

「麗華はもういないのよ」

悠人の言葉をさえぎり、涼子は冷たく言い放つ。

「ねえ、いつまでそうやって麗華の幻影《げんえい》にとらわれているつもりなの……？」

何も言い返せないまま目の前の料理に視線を落とす悠人に、涼子はさらに言葉を浴びせる。

「それに、今あなたの心の中にいるのは、私でも麗華でもないことくらい知ってるわ」

雷《かみなり》を打たれたように悠人は頭を上げた。


「お客様、困ります！」

突然、店の入り口からウェイターの声が聞こえ、悠人と涼子は同時にふり向く。

そこにはウェイターの制止をふり切り、二人のテーブルに歩み寄ってくる凜の姿があった。

「凜……!?」

「真辺さん!?」


なぜ凜がここに？

そして、なぜハンバーガーショップの制服姿で？

二人が事態を飲みこめずに困惑《こんわく》していると、凜はテーブルの真横まで来て立ち止まる。

その表情は怒《いか》りに満ちているが、深呼吸をして落ち着いた声で話しはじめた。

「悠人先輩。どうして美紅のところに行ってあげないんですか？」

「え……？」

「やっぱり、美紅はただのキープだったってことなんですか？」

凛の発言の意味がわからず、言葉を失っていた悠人はやっとの思いで返事をする。

「凛、落ち着いてくれ。一体、何の話をしているんだ……？」

「とぼけないでください！　今日の十五時に時計台の前で待ってるって。数日前に美紅から連《れん》絡《らく》があったはずです」

「なっ……!!」

悠人は目を見開いて絶句する。

必死で自分の記憶《きおく》をたどるが、そんな連絡をもらった覚えは絶対にない。


だとすれば、なぜ──。


悠人はハッと気づいて涼子の顔を見るが、すぐさま目をそらされる。

「涼子──……」

「悠人先輩……そうやってごまかしてふり回し続けるくらいなら、いっそちゃんとフってあげたほうが何倍もマシです。先輩がやってることは、ただ美紅の気持ちをもてあそんで傷つけているだけです」

周囲からの視線も気にせず、凛は思いの丈《たけ》をすべてぶつけてきた。

返す言葉が見つからず、悠人はただ凛の顔をじっと見つめた。

しばらくの沈黙《ちんもく》のあと、鞄《かばん》から財布《さいふ》を取り出し、食事の代金をそっとテーブルに置く。

「凛、たしかに君の言うとおりだ……」

凛に向かってうなずくと、悠人は涼子の顔を見てつぶやいた。

「涼子……ごめん……」

「ちょっと、悠人！」

「悠人先輩！」

残された涼子と凛は、走り去っていく悠人の背中を見届けることしかできなかった。

悠人は全速力で夜の街をかけ抜《ぬ》けた。

美紅が待っているとは思えない。

それでも、今できることは走ることだけだった。

人にぶつかり、つまずきそうになりながらも、脇目《わきめ》もふらずまっすぐに時計台を目指す。

ようやく広場にたどり着いたとき、時計の針は二十時をまわっていた。時計台の周囲を探しまわるが、そこに美紅の姿はない。

休むことなく走り続けた悠人は立ち止まって呼吸を落ち着かせた。

近くで学生風の女子たちの会話が耳に入ってくる。

「ねえねえ、聞いてよ。今日私ここでティッシュ配りのバイトしてたんだけどさ。ツインテールの髪型《かみがた》の子がずっと人待ちしてたんだよね」

「えーマジ？　どれくらいいたの？」

「私のバイト、十五時から二十時までだったんだけどその間ずっといたから、少なくとも五時間以上？」

「えーすごくない!?　それってナンパ待ちだったんじゃないの？」

「ちがうちがう、途中《とちゅう》ナンパされてたけど断ってたもん」

二人は談笑《だんしょう》しながら遠ざかっていく。

その会話を聞き、悠人は地面に膝《ひざ》をついた。

「美紅……」

絶望の眼差《まなざ》しで時計台を見上げる悠人の顔に、ポツリポツリと雨粒《あまつぶ》が落ちてくる。

時計の針は何もなかったかのように無情に時を刻み続けていた。


雨に濡《ぬ》れたアスファルトの上を、美紅は倒《たお》れそうな足取りで歩いていた。

先日通った路地にさしかかり、引き寄せられるように足を踏《ふ》み入れる。

あの日ここに来たときはまだ早い時間だったので居酒屋やバーは準備中だったが、今日はどの店もにぎわっていて、前回とは違《ちが》う表情を見せている。

途中、酔《よ》っぱらったサラリーマンやカップルとすれ違いながら、気がつくと「風のオルゴール」の前に立っていた。

店の中に入ると、店主の老婦人が「あら、いらっしゃい」と温かい笑顔《えがお》で出むかえてくれた。

白熱灯の灯《あか》りと木の温《ぬく》もりが、疲《つか》れた体と心に優《やさ》しくしみこんでいく。

今日も店内にいる客は美紅だけのようだ。立地的にも、知る人ぞ知るタイプの店なのだろう。

美紅は店主に会釈《えしゃく》をすると、ピエロのオルゴールが飾《かざ》られている棚《たな》の前へ足を運んだ。

なぜだろう。

あのオルゴールの音色がもう一度聴《き》きたくなったのだ。

骨董品《こっとう》がずらりと並んだ棚を見ると、ピエロのオルゴールは以前と同じ場所に置かれていた。

美紅がそれをじっと眺《なが》めていると、後ろから店主が話しかけてくる。

「お嬢《じょう》さん、この前もいらっしゃってたわね」

突然《とつぜん》話しかけられ、美紅は驚《おどろ》いてふり返る。

「あ、はい……このピエロのオルゴールがなんだか気になって……」

「このオルゴールは、もう五十年近く前に作られたものなんだけどね。じつはピエロが回っている中心には、もともと女の子の人形も立っていたみたいなの。でも、この五十年のうちにどこかでなくなってしまったらしいのよ」

店主の話を聞き、美紅はもう一度オルゴールを見つめた。

たしかに、中心にはパーツが取れたような痕《あと》が残っている。

おどけた顔をしたピエロの人形が、急に悲しい表情をしているように見えてくる。

「そうなんですね……ピエロはその女の子に恋《こい》をしていたんでしょうか……」

「きっとそうねえ。女の子がいなくなった今もこうして回り続けている、健気《けなげ》な存在なのよ」

ただ同じ場所で回り続け、永遠に恋する人にたどり着くことができないピエロ。

(なんだか、今の私にそっくりだ――……)


美紅はオルゴールを手に取り、ゆっくりとゼンマイを回した。

キリキリキリとすすり泣く声のような音を立て、金属が張りつめていく。

ゼンマイを持つ手をはなすとピエロの人形が回り出し、悲しいメロディーが美紅の体を包みこんだ。

その音色に触《ふ》れた瞬間《しゅんかん》、ずっと我慢《がまん》していた感情が一気に胸の奥からかけ上がってくる。


(私は、悠人先輩《せんぱい》の周りを回るだけのピエロだったんだ……)


美紅はこらえ切れず、声を上げて泣いた。

店主は驚いた表情を浮《う》かべながらも、美紅に寄りそい、そっと背中をさすってくれている。

(少しずつ近づいていると思ったのは錯覚《さっかく》で、同じ場所をただぐるぐる回っていただけ……先輩にたどり着けないままで──……）

次第《しだい》にオルゴールの回転はゆっくりになり、やがてメロディーが終止符《しゅうしふ》をむかえる前に動きを止めた。

ピエロの人形は笑った顔のまま、物言わずたたずんでいる。

第九章

日曜の夜に降りはじめた雨は、明け方には大雨に変わっていた。

美紅は憂鬱《ゆううつ》な気分で家を出る。


天気予報では、美紅が住む地方は今日から梅雨入《つゆい》りだと伝えられていた。

失恋《しつれん》した次の日から梅雨入り。季節の移り変わりが、自分の運命を導いているような気がしてくる。

傘《かさ》から滴《したた》り落ちる雨粒をぼんやり見つめながら、美紅は重い足取りで歩き出した。

川沿いに立ち並ぶ桜の木々は、青々とした若葉に覆《おお》われている。

入学式の日にこの桜の木の下を歩いたときは高校生活への漠然《ばくぜん》とした不安を抱《かか》えていたが、まさか二ヶ月後の自分が失恋の悲しみに打ちひしがれているなんて想像もしていなかった。


いつもの待ち合わせのコンビニで凛が待っていた。

傘の下から顔をのぞかせ、凛は「おはよ」と言って笑いかける。美紅も「おはよう」と返事し、二人は駅に向かって歩き出した。

二限目が終わり、美紅は教科書とノートを抱えて、三限目の化学室へ向かっていた。

雨の湿気《しっけ》のせいで校内にはじめじめとした不快な空気がただよっている。

これからしばらくこんな天気が続くのだろう。

雨に濡れた窓ガラスを眺めながら美紅は早く梅雨が明けてほしいと願った。


そのとき、廊下《ろうか》の向こうに見慣れた人影《ひとかげ》を見つけ、体に緊張《きんちょう》が走る。

(悠人先輩――……)


悠人も気づいたようで、美紅の顔をじっと見つめてきた。

美紅は下を向き、早歩きで悠人の横を通り過ぎようとする。

「美紅、話があるんだ……」

「すみません……授業に遅《おく》れてしまうので……」

すれ違いざまに話しかけられるが、目を合わせずそのまま足早に立ち去ろうとした。

「待ってくれ！」

悠人が手を伸《の》ばし、美紅の腕《うで》をつかむ。

「はなしてください……！」

勢いよくその手をふり払《はら》うと廊下をかけ抜《ぬ》け、空いている教室に逃《に》げ込み扉《とびら》を閉めた。

扉にもたれかかるように背を向け、息を切らしながら目をつむる。


（悠人先輩のこと忘れるって決めた矢先に……どうして――……）


同じ学校に通っている以上、どこかで悠人に出くわすことは覚悟《かくご》していた。

でも、まさか次の日にいきなり顔を合わせることになるなんて――。

美紅の心は激しく動揺《どうよう》していた。


「お願いだ。話を聞いてくれ……！」

扉の向こう側から悠人の声が聞こえてくる。

「話すことなんて何もありません！」

大声を上げると、悠人はしばらく黙《だま》り込み、扉にそっと手を当てた。

「美紅、昨日は本当にごめん……」

「悠人先輩……私、昨日ずっと待っていました」

呼吸を整え気持ちを落ち着かせると、美紅は重い口を開いた。

昨日のことを思い出し、また涙《なみだ》がこぼれ落ちそうになるのを必死にたえる。

「そこに先輩は来てくれなかった。それが答えなんですよね……？」

悠人は何もこたえることができないのか、黙りこんでいる。

「私は、先輩にとってただのピエロ……都合の良い存在なんですよね。何時間待っても、何年待っても、きっと私のことなんて思ってくれないんじゃないですか……？」

「美紅……今さら信じてもらえないかもしれないけど……」

かたく閉じていた目を開け、悠人が静かに語りかけてくる。

「俺、美紅のことが好きだ」

美紅の心臓が大きく揺《ゆ》れた。

ずっと聞きたかった悠人の気持ち。

一番望んでいたはずの答えを、ようやく本人の口から伝えてくれた。

だが、扉を隔《へだ》てて伝えられたその気持ちは、心の奥底には届かない。

「信じられないです……じゃあ、なんであと一年も待たなきゃいけないいんですか？」

教科書とノートを抱える腕に力をこめて続ける。

「それに……昨日、小野寺先輩と一緒《いっしょ》にいたんですよね……？」

昨日、悠人と涼子が一緒にいたことは、今朝凜から聞いていた。

もうあきらめた恋《こい》。

涼子が彼女であると知っても、これ以上とくに落ちこむことはない。

「それは――……」

美紅の指摘《してき》に、悠人は顔をしかめて言葉をつまらせた。

「悠人先輩……もう、私のことは放《ほう》っておいてください……私、このまま先輩のこと待ち続けていたら……」

こみ上げてくる感情をおさえつけながら、美紅は声をふりしぼった。

「きっと……壊《こわ》れてしまうだけです……」

「美紅……」

それ以上何も言えず、悠人は扉にそえていた手をゆっくりとはなした。

美紅は扉にもたれたまま目を閉じた。頬《ほお》をひと筋の涙が伝い、教室の床《ゆか》に落ちる。

三限目の開始を告げるチャイムが鳴る頃《ころ》、扉の向こうに悠人の気配はなくなっていた。

(化学の授業、遅刻《ちこく》しちゃう――……)

でも、涙で濡《ぬ》れた目で人前に出るわけにもいかない。

先生に怒《おこ》られることを覚悟で、美紅はしばらくそこで気持ちを落ち着かせることにした。

雨はいっそう強くなり窓を叩《たた》きつけている。

それは永遠に止《や》むことのない雨のように感じられた。


二年前の五月。

とある病院の廊下を、悠人は買い物袋《ぶくろ》を片手にぶら下げて歩いている。

「皆森麗華様」と書かれた病室の前で立ち止まり、扉を開けた。

目に飛びこんでくる光あふれる室内。窓から見える景色は樹木や芝生《しばふ》の緑と、絵具《えのぐ》をこぼしたような青い空だけ。外からおとずれるそよ風が優《やさ》しくカーテンを揺らしている。

ベッドの横ではひとりの少女がキャンバスに向かって絵を描《か》いていた。

花瓶《かびん》に生けられたたくさんの黄色い花。

彼女が描《えが》き出す生命感あふれる色彩《しきさい》に、悠人はしばらく見とれていた。

「麗華。寝《ね》てなくて大丈夫《だいじょうぶ》なの？」

麗華はようやく悠人に気づき、うれしそうに振《ふ》り返る。

「あ、悠人！　うん。主治医の先生も、絵を描いてストレス発散したほうがいいって言ってくれたの」

屈託のない笑顔《えがお》をみせる麗華に、悠人も思わず笑みをこぼす。

「そっか。あ、果物買ってきたから冷蔵庫に入れとくよ」

「ありがとう。あとで食べよ！」

麗華はそう言って、またキャンバスに筆を走らせはじめた。

「マツバボタン？」

冷蔵庫に果物を入れながら、悠人はたずねる。

「うん。私の大好きな花。とくにこの黄色の品種がお気に入りなの」

「綺麗《きれい》な花だよな。なんだか、麗華の笑顔みたいだ」

「本当？　うれしい！」

マツバボタンの花を幸せそうな顔で見つめる横顔に、心がしめつけられた。

麗華の病状は日に日に悪化している。そのことは彼女の両親から聞いていた。現代の医療《いりょう》技術では麗華の病気を治療《ちりょう》することは難しい。今いる病院も目的は治療ではなく、少しでも苦痛を和《やわ》らげ安らかに過ごせるようにすることだ。

だが世界的に見れば、過去に完治したケースも稀《まれ》ながら存在する。

悠人はそのわずか一パーセントにも満たない奇跡《きせき》を信じるほかなかった。

思いつめた表情の悠人に向かって、麗華は手を止めて思い出したように言った。

「あ、そうだ！　この絵が完成したら、あのイタリアンのお店で飾《かざ》ってもらえないかな!?　えっと、なんていったっけ。アッテサ……」

「Attesa per voi」

「そう、それそれ！　ごめんね。何回も行ってるのに横文字なかなか覚えらんなくて。それでたしか日本語の意味が——」

「あなたを待つ」

二人は目を合わせて同時に言った。麗華はくすくすと笑い声を上げる。

「どうせならたくさんの人に見てもらえたほうがうれしいしね」

「オーナーに話してみるよ。麗華の絵なら、きっと大丈夫だと思う」

「わーい、やった！　よろしくね！」

麗華はパレットを顔のそばに掲《かか》げて声を上げた。

悠人の視界は白い光に包まれ、麗華の笑顔がゆっくりと消えていく。


気がつくと、悠人はテーブルにふせていた。

目の前の壁《かべ》には、黄色いマツバボタンの絵画が飾られている。

学校からの帰りに「Attesa per voi」へ立ち寄り、コーヒー一杯《いっぱい》で時間を潰《つぶ》しているうちに眠《ねむ》ってしまっていた。

「悠人くん。もう遅《おそ》いし、そろそろ帰ったほうがいいんじゃない？」

ウェイターの前野が水の入ったコップを持って来る。

「前野さん……すみません……」

水を一口飲み、時計に目をやった。時刻は二十二時三十分を指している。

閉店時間はとっくに過ぎていて、店内にいるのは悠人と前野だけだ。

そのとき、店のドアが開き誰《だれ》かが中へ入ってきた。

前野が頭を下げながら話しかける。

「お客様、申し訳ございません。すでに閉店しておりまして――……あれ、君は――」

「あ、悠人の友達の飯田陽平です。ご無沙汰《ぶさた》してます！」

悠人は面食《めんく》らった表情を浮《う》かべる。

「すみません。このバカを連れ出しにきただけなんで、すぐ帰ります」

申し訳なさそうに言うと、飯田は悠人のテーブルの向かいに腰《こし》かけた。

「なんでここにいるってわかった……？」

「親父《おやじ》さんが教えてくれた。たぶんここだろうって」

「ふん……昨日といい、俺のことつけまわしやがって……」

「あー日曜のことは悪かった。あれは不可抗力《ふかこうりょく》ってやつだ」

苦笑いすると、飯田はマツバボタンの絵を見上げた。

「麗華が描いたこのマツバボタン。本当に素晴らしい絵だよな……」

飯田は懐《なつ》かしそうに目を細めた。

悠人も改めてマツバボタンの絵を眺《なが》める。

麗華が最後に描いた作品。

この絵を完成させた次の日、麗華は息を引き取った。まさに生き写しのような一枚だ。

無邪気《むじゃき》、可憐《かれん》といった花言葉のとおり、この絵を見るたびに麗華の屈託《くったく》のない笑顔を鮮明《せんめい》に思い出す。

そして、張り裂《さ》けそうなほど胸が苦しくなる。

「それにしても、お前は本当に不器用というか、生真面目《きまじめ》なやつだよな」

飯田の言葉に、悠人は不機嫌《ふきげん》そうにこたえる。

「なんだよ、藪《やぶ》から棒に……」

「美紅ちゃんのことだよ。事情をちゃんと話せばわかってもらえるんじゃねえの？」

美紅の話を持ち出され、何も言い返せず黙《だま》りこむ。

「一年後まで付き合えない理由も。昨日、待ち合わせをすっぽかした理由も。全部話せばすむだろ」

悠人は黙ったまま、コップを手に取り水を飲み干した。

「麗華との約束を守るため。涼子を悲しませないため。そうやって中途半端《ちゅうとはんぱ》な優しさをちらつかせてるせいで、結局周りにいる全員を傷つけてるんじゃねえのかよ」

ドン！　とコップを勢いよくテーブルに置いて立ち上がる。

「うるせえな！　わざわざ憎《にく》まれ口をたたきに来たのか⁉」

声を荒《あら》らげる悠人に対して、飯田は冷静な表情で上着のポケットから一通の手紙を取り出し、テーブルに置いた。

白い封筒《ふうとう》に包まれた、味気ない手紙。宛《あ》て名には「月島悠人様」と書かれている。

悠人はその筆跡《ひっせき》に見覚えがあった。

「は？　何だよ、これ……」

「麗華からの預かり物だよ」

「なんでお前が……？」

手紙を手に取り、悠人はつぶやく。

「読めばわかるよ。まったく、手のかかるやつだなー」

そう言い残して席を立つと、飯田は前野に挨拶《あいさつ》をして店を出ていった。

ひとり残された悠人は、そっと封筒を開け、中の便箋《びんせん》を取り出す。

装飾《そうしょく》の少ないシンプルなレター用紙に書かれた、懐かしい麗華の文字。

その一文字一文字が心に染《し》みこんでいく。

「麗華……」

肩《かた》を震《ふる》わせながら、手紙を強く握《にぎ》りしめる。

壁にかけられたマツバボタンの絵が、優《やさ》しく微笑《ほほえ》むように悠人を見下ろしていた。


それからしばらく雨の日が続いた。

雨が降ると学校に行くのも遊びに出かけるのも億劫《おっくう》になってしまうが、何も行動しないことへの言い訳にもなる。

きっと、この雨がやり場のない気持ちを洗い流してくれるはず——。

窓に打ちつける雨を見つめながら、美紅は電車に揺《ゆ》られていた。

家に帰ると急いで宿題を終わらせ、寝《ね》る前にデッサンの練習をする。これが最近の日課だ。

勉強や絵に集中していれば、他《ほか》のことを考えずにすむ。

美紅にとってはそのほうが都合がいい。


七月に入るとからっと晴れた日が続き、じめじめとした梅雨《つゆ》も先週終わりを告げた。

季節の移り変わりとともに、美紅の気持ちも次第《しだい》に晴れ渡《わた》ってきた。

あれから、美紅は美術部に顔を出していない。

一学期が終われば三年生は引退するため、部活で悠人や涼子に会うことはなくなる。

少なくともそれまでは部活から遠ざかるつもりでいるが、それならいっそ退部してしまったほうがいいのだろうか。美紅は思い悩《なや》んでいた。

いずれにせよ、絵はこれからも続けるつもりでいる。最近は近所の絵画教室を見学したりして、自分なりに絵との向き合い方を探していた。


学校は期末試験を終え、いよいよ一学期の終業式をむかえた。

明日からはじまる夏休みに、生徒たちは皆心《みな》を躍《おど》らせている。

入学式から今日まで怒濤《どとう》のように過ぎ去った一学期。

美紅にとっては出会いと別れが一気に押し寄せた四ヶ月間だった。

すでに過去になりつつある日々を思いながら、美紅は教室の窓からグラウンドを眺めていた。ここから見る景色も、入学したての頃《ころ》とは違《ちが》って見える。

ふと、近くの席からクラスメイトの会話が聞こえてくる。

「なあなあ、二ノ宮駅前の広場に出没《しゅつぼつ》する『日曜三時の男』って知ってるか？」

「何それ？　知らなーい」

「ここ最近、日曜日の十五時になると必ず時計台に現れる謎《なぞ》の男がいるんだってさ。そのまま二、三時間そこにいて何もせずに帰っていくらしいぜ」

「ただの都市伝説じゃないの？」

「いやいや、駅前でティッシュ配りのバイトしてる友達が実際に見たって言ってるんだからまちがいないって！　今週も先週も、その前もいたんだってよ」

「大きい声じゃ言えないんだけど……某国《ぼうこく》の工作員じゃないかってうわさだよ」

「えーマジ⁉」

その話をぼんやり聞いていると、凜が美紅の席へやってきた。

「わーい、やっと夏休みだ！　期末テストの結果は散々だったけど、もう忘れようっと！」

重い荷物を下ろした後のように両手を広げ、凜は夏休みのはじまりを喜んでいる。

「ねえねえ。美紅は日曜日からだっけ？　里帰り」

「うん。熊本《くまもと》のおじいちゃんちに行くの」

「いいなー。私も遠出したーい。ねえ、こっちもどってきたら花火大会一緒《いっしょ》に行こう！　こないだ新しい浴衣《ゆかた》買ったんだ！」

「あ、いいな！　私も浴衣ほしい！」

「じゃあ今日の帰り見に行こうよ！」


二人が夏休みの喜びを分かち合っていると、教室の入り口から美紅を呼ぶ声が聞こえた。

「美紅ー！　お客さんだよー」

別のクラスの誰《だれ》かがたずねてきたようだ。

(私に会いにくるなんて、一体誰だろう……？)

美紅は不思議そうに入り口に視線を向けた。

「おーい、美紅ちゃんに凜ちゃん！　久しぶり！」

扉《とびら》から飯田がひょこっと顔をのぞかせ手をふっている。

「飯田先輩《せんぱい》!?」

美紅と凜は同時に声を上げた。

あれ以来、美紅は飯田とも顔を合わせていなかった。

今さら自分に何の用があるのだろう。不審に思いながらも凜と一緒に教室の入り口へ歩いていく。

三人は廊下《ろうか》に出て話をすることにした。

「やあ、美紅ちゃん、久しぶり！　凜ちゃんは先週ぶり——」

「一体、何の用ですか？　美紅のこと連れもどしに来たとか？」

元気よく挨拶する飯田に、凜は食い気味に言葉を浴びせた。

美紅が部活にいかなくなってからも凜はたまに顔を出している。先週の月曜は三年生の追い出し会で、その日も参加していたようだ。

その会に悠人と涼子の姿はなかったらしい。

「いやー俺たち三年が引退してこのまま美紅ちゃんまでいなくなったら、もう五人しか部員がいなくなるんだよ。このまま廃部《はいぶ》になっちゃったらマズイなーなんて……」

「っていうか、もともと活動なんてほとんどやってなかったじゃないですか！」

「わお！　相変わらず手厳しいなあ。凜ちゃんは……」

飯田は肩を落として大げさにショックを受けたフリをしてみせた。

真意がつかめない美紅は、真剣《しんけん》な表情で話しかける。

「あの、私に用事って、そのことなんですか……？」

「いやいや、冗談《じょうだん》だよ。まあ、部活にもどってきてもらいたいのは本心ではあるけど。色々あったしね。無理強《むりじ》いはしないよ」

ニコッと微笑んで、飯田はポケットから一枚のチラシを取り出した。

そこには「第十六回　ミツバ美術コンクール」と書かれている。

「今日来た用事はこれなんだ。悠人が描《か》いた美紅ちゃんの肖像画《しょうぞうが》、なんとこのコンクールで入賞したらしいんだよね」

「えっ……！」

驚《おどろ》きを隠《かく》せない美紅に、飯田は「どうぞ」とチラシを渡してきた。

「このコンクールで高校生が入賞するのはすごくめずらしいことなんだ。まあ、さすがは我が南山高校美術部で俺と一位二位を争う男というべきか――」

「私、飯田先輩が絵を描いてるところ見たことないんですけど」

自信満々に話す飯田に、凛がピシャリと言い放つ。

複雑な表情でチラシを見つめる美紅に、飯田は頰《ほお》をかきながら遠慮《えんりょ》がちに言った。

「それで、入賞作品は今度、美術館に展示されることになっててさ。だから、その……まあ、よかったら見に行ってやってくれないかなーって思って」

「美術館で展示⁉　すごーい！」

感嘆《かんたん》の声を上げる凜の隣《となり》で、美紅は浮《う》かない顔をしている。

「でも……私……」

自分がモデルになった悠人の絵。

完成してから見せてもらう約束になっていたため、まだそれを見たことがない。

自分が描《えが》かれた作品が世の中に認められたことは純粋《じゅんすい》にうれしいが、悠人との関《かか》わりを断《た》ち切って、ようやく平穏《へいおん》な毎日を過ごしはじめたところだ。

今この絵を見に行くと、また気持ちが揺らいでしまいそうでこわい。

「うん。まあ、これも無理強いしないよ。もし気が向いたら。じゃあ、俺はこれで。二人とも素敵《すてき》な夏休みをエンジョイしてね！」

飯田は手をふりながら立ち去っていった。

美紅の手にあるチラシをのぞきこみ、凜が声を上げる。

「美紅……！　このコンクールの展示、七月十七日と十八日だって。十七日の日曜日って、たしか熊本に行く日だよね……？」

凜の問いかけにこたえられず、美紅はチラシを握《にぎ》りしめたまま廊下に立ちすくんだ。

夏休み最初の夜。美紅は明日からの里帰りに向けて荷造りをしていた。

一週間ほどの長期旅行になるため、着替《きが》えだけでもキャリーバッグが満タンになってしまう。

学校の鞄《かばん》からスケッチブックと筆箱を取り出すと、一緒に一枚の紙が出てきた。飯田がくれた絵画コンクールのチラシだ。美紅は荷造りの手を止めて、チラシをじっと見つめる。


夕食の時間、テレビでは来週一週間の天気予報が映し出されている。どうやらこれから数日は全国的に晴れ模様のようだ。

「明日から暑くなりそうねえ。熱中症《ねっちゅうしょう》の対策していかなきゃ」

今日よりも大幅《おおはば》に上昇《じょうしょう》する見込みの予想気温を眺《なが》めながら、母親がつぶやいた。

「美紅、荷物は準備できたの？　明日朝六時には家を出るから、寝《ね》る前に荷造りしちゃいなさいよ？」

「うん……」

さえない表情で返事をする。

「どこか具合でも悪いのか？」

漬物に箸を伸ばしながら、父親が声をかけてきた。

美紅はしばらく悩《なや》んでから、テーブルに箸を置く。

「お父さん、お母さん。私、熊本に行くの一日遅《おく》らせちゃだめ……かな……？」

突然《とつぜん》の美紅の問いかけに、両親は顔を見合わせた。

「今さら何言ってるの？　もう飛行機のチケット取ってるのよ？　熊本のおじいちゃんとおばあちゃん、あなたに会うの楽しみにしてるし……」

「おじいちゃんとおばあちゃんには、私から電話しておく。飛行機は……ごめんなさい……」

美紅のわがままな発言に、母親は語気を強めた。

「あなた、最近変よ？　結局、部活にも行ってないみたいだし……自分勝手もほどほどにしなさい」

「お母さん、お願い。私、どうしても明日行かなきゃいけない場所があるの……！」

「許しません！」

母親は持っていた茶碗《ちゃわん》と箸をテーブルに置き、鋭《するど》い視線を向けてきた。

これ以上食い下がっても無駄《むだ》だと察し、黙《だま》ってうつむく。

そのとき、テレビの電源が消え、食卓《しょくたく》は静寂《せいじゃく》に包まれた。

「美紅。どうしても明日じゃなきゃだめなのか？」

リモコンを置くと、父親が静かにつぶやいた。

「うん……」

「どこに行くかも言えないのか？」

「……うん……」

食卓には重い沈黙《ちんもく》がただよっている。美紅はただ両親の言葉を待つほかなかった。

父親はじっと美紅の目を見つめてくる。

「お母さんとお父さんは、予定どおり明日の便で向かう。美紅は好きなようにしなさい」

「えっ……」

「ちょっと、お父さん！」

予想外の父親のこたえに、母親が驚いて抗議《こうぎ》する。

「もう子どもじゃないんだ。自分のことは自分で決めればいい」

父親はそう言って、テレビをつけてもう一度ニュースを見はじめた。

そっと母親の顔色をうかがうと、ため息をひとつつき、「仕方ないわね」という顔で肩《かた》をすぼませた。

「そのかわり、熊本へは自力で来なさい。おこづかいで間に合うだろう」

テレビのほうを向いたまま父親が言葉をつけ加えた。

美紅は大きくうなずく。

「お父さん、お母さん、ありがとう……！」

両親に深々と頭を下げ、美紅はほっとした表情で味噌汁《みそしる》のお椀《わん》を口に運んだ。

第十章

翌日の朝、美紅が目を覚ますと両親はすでに家を出ていた。
時計の針は九時を指している。絵画コンクールの作品が展示される美術館の開館は十時から
だが、深夜発の夜行バスで熊本に向かうことにしたので、急ぐ必要はない。
家で昼食をすませてからゆっくり出発することにした。

昼過ぎになり家を出ると、照りつける陽射《ひざ》しに美紅は目を細めた。

天気予報によると今日はこの夏一番の暑さになるらしい。

麦《むぎ》わら帽子《ぼうし》を深くかぶり、美紅は駅に向かって歩き出した。


耳を貫《つらぬ》くようなセミの鳴き声に包まれ、美術館の前にたどり着く。

県が運営するこの美術館は著名な芸術家の展覧会が多く開催《かいさい》されていて、美紅も小学校の社
会科見学で来たことがあった。

そんな場所に自分の肖像画《しょうぞうが》が展示されている。まだ信じられない気持ちだ。

入り口の受付でチケットを買った後、自動ドアの前で立ち上まる。

（やっぱり、こわい……）

様々な考えが頭の中に入り乱れていた。

ようやく悠人への気持ちをあきらめることができたのに、絵を見ることでまた感情が揺《ゆ》れ動いてしまわないだろうか。

それに、今日ここに悠人や涼子がいる可能性もある。

できることならもう二人には会いたくない。

一歩踏《ふ》み出す勇気が出せず、その場で身動きがとれなくなる。

（お父さん、お母さん……せっかく許してくれたのに、ごめんなさい。私、勇気が持てなかった……）

自動ドアの前で目をつむり、頭の中でつぶやいた。

踵《きびす》を返して帰ろうとしたとき、後ろから美紅を呼ぶ声がした。

「藍山さん……？」

日傘《ひがさ》をさしてたたずんでいたのは涼子だった。

「小野寺……先輩《せんぱい》……」

美紅はとまどいの表情を浮《う》かべると、下を向いて足早に通り過ぎようとした。

「待って！　藍山さん！」

すがりつくような涼子の声に足を止める。

「お願い。少しだけお話できないかしら？」

美紅と涼子は、美術館の隣《となり》にある公園へ移動した。

公園内では三、四歳ほどの男の子と母親がブランコで遊んでいて、無邪気《むじゃき》な笑い声が響《ひび》き渡《わた》っている。

（私、そういえば最近、ちゃんと笑えてないな……）

親子の光景を遠目に見つめながら美紅はぼんやりと考えていた。

二人は鉄棒のそばに来て立ち止まる。

「藍山さん。私、あなたに謝らなきゃいけないことがあるの」

「私に……？」

美紅は驚いて涼子の顔を見つめた。

言いにくそうな様子で、涼子はゆっくりと言葉を選びながら話しはじめる。

「先月、藍山さんが悠人に送った待ち合わせのメッセージ。私が消したの……」

「え……？」

言われたことの意味がわからず、美紅は息を止めて涼子の言葉を待った。

涼子は目をふせて足元を見つめている。

「藍山さんがメッセージを送ったとき、私は悠人と一緒《いっしょ》にいた。そこで偶然《ぐうぜん》、あなたのメッセージを悠人より先に見つけて、消してしまったの」

「そ、そんな……」

「だから、悠人はあなたからのメッセージを見ていないわ」

涼子が話していることを整理しきれず、美紅の頭の中はどんどん混乱していく。

（もし、それが本当なら……悠人先輩、なんで言ってくれなかったの……？）

「でも――……」

「藍山さんに事実を話せば簡単に誤解がとけたのに、きっと私を悪者にするのが嫌《いや》で言わなかったんだと思う」

美紅の疑問を察した様子で、涼子は話をさえぎってくる。

「悠人って、バカだから……」

そうつぶやくと、さみしそうに微笑《ほほえ》んだ。

美紅はくちびるをかみしめる。

「どうして……そんなこと教えてくれるんですか？ 悠人先輩と小野寺先輩は恋人《こいびと》同士で、邪魔者《じゃまもの》の私はいなくなって……それですべておさまったはずですよね……」

そうだ――。

仮に涼子のせいで美紅と悠人がすれ違《ちが》っていたとして、それは涼子自身の望んだ結果だったはず。

なぜ今さら真実を話すのか、その意図をつかめず困惑《こんわく》は増すばかりだ。

涼子は鉄棒から二、三歩歩いて立ち止まると、ふり返って美紅の顔を見た。

取り繕《つくろ》った笑顔《えがお》の瞳《ひとみ》からは今にも涙《なみだ》がこぼれ落ちそうだ。

「私ね、本当は悠人の彼女じゃないの。ただの友達」

「えっ――……」

つむじ風が吹《ふ》き、小さく砂ぼこりが舞《ま》った。

二人の髪《かみ》の毛を揺らしながら風が通り抜《ぬ》けていく。

「悠人の本当の彼女は……二年前に死んだわ」

その瞬間《しゅんかん》、耳を突《つ》くセミの鳴き声が止《や》んだ。

いや、すべての音が美紅の耳には届かなくなった。

「死ん――……」

言葉を失った美紅の横を、涼子はゆっくりと歩きながら話し続ける。

「彼女の名前は、皆森麗華。悠人と陽平と私、そして麗華の四人は、小学校からの親友だった」

昔を思い出すように、涼子は地面に映った自分の影《かげ》に視線を落とす。

「私たちはそろって南山高校へ進学したんだけど、麗華は小さい頃《ころ》から血管の病気を抱《かか》えていてね。元々、永くはもたないと聞いていたんだけど……二年前、高校に入学してすぐに亡《な》くなったわ……」

美紅は何も言うことができず、ただ静かに涼子の話に耳をかたむけていた。

マツバボタンの絵画に書かれた「R・Minamori」のサインが脳裏《のうり》をよぎる。

(もしかして、あの絵は悠人先輩の彼女が描《か》いたもの……?)

突然《とつぜん》、子どもの泣き声が聞こえてくる。転んで足をすりむいたようだ。

母親が抱《だ》き上げてあやす様子を眺《なが》めながら、涼子は続けた。

「麗華が死んでからも、悠人はその現実を受け入れられずに、二年経《た》った今でも自分には恋人がいるって言い聞かせてるわ」

消え入るような声で「憐《あわ》れな人……」とつぶやくと、美紅に背を向けたまま小さく肩《かた》を震《ふる》わせる。

悠人が時折見せる、胸をしめつけるほど悲しそうな目。

あの視線の先には亡き麗華の姿があったのだろうか。

想《おも》いを断《た》ち切るように空を見上げ、涼子は明るい声で言った。

「私、悠人のことがずっと好きだった」

日傘の下で、長い髪がふわっと風になびく。

「麗華と付き合っているときも、麗華がいなくなったあとも。いつか悠人がふり向いてくれる日を信じて待ち続けていたけど、でもやっぱり私じゃだめみたい」

こぼれ落ちそうになる涙をこらえながら、涼子は気丈《きじょう》に振《ふ》る舞《ま》う。

「悠人は生前の麗華と何か約束をしたみたいなの。それが何なのか私は知らないんだけど。その約束があるせいで、悠人は麗華の幻影《げんえい》にとらわれているような気もする……」

涼子はふり向いて美紅の目を見つめた。

今まで無視したり、にらみつけたりと、まともに視線を向けてくれなかった涼子が、はじめて自分の目をまっすぐ見てくれている。

「でも、あなたと出会ってからの悠人は変わったわ。現実を受け入れて、少しずつ前に進もうとしている」

「小野寺先輩……」

美紅が悠人に出会うよりもずっと前から想い続けていた涼子の恋心。
今、必死にその恋に別れを告げようとしている。
いつもは強く美しい涼子が、抱きしめたくなるほど弱く、小さい存在に思えた。

「藍山さん。本当にごめんなさい。私、あなたに酷《ひど》いことばかりしてしまった……私のこと、好きなだけ恨《うら》んでもいいよ」

目に涙をためながら、涼子は声をふりしぼる。

「でも、悠人は……悠人のことは……」

うつむいた白い頬《ほお》を涙が流れ、足元にこぼれ落ちると砂の中へ消えていった。
涼子の悲しみを代弁するかのように、セミの鳴き声がいっそう大きくなり、公園を包んだ。
夏の陽射《ひざ》しは容赦《ようしゃ》なく照りつけ、二人の小さな輪郭《りんかく》を地面に描き出している。

しばらくの間、二人は無言で時間の流れに身を任せていた。

「悠人が描いた藍山さんの肖像画《しょうぞうが》。ぜひ見てほしい」
そう言って、涼子は顔を上げた。

涙が乾《かわ》いた瞳からは、迷いが消え失《う》せたように感じられる。
澄《す》んだ笑みを浮《う》かべて「じゃあね」と言い、涼子は公園の出口に向かって歩き出す。
遠ざかる花柄《はながら》の日傘《ひがさ》が、陽炎《かげろう》の中に消えていった。

美紅は公園を後にして、美術館の入り口をくぐった。
腕時計《うでどけい》の針は十六時をまわっている。
閉館時間が近づいているため、館内にいる人の数はまばらだ。
コツコツと響《ひび》く自分の足音を聞きながら、ゆっくりと順路を見てまわる。
展示されている数々の美しい絵画。この中に悠人が描いた自分の肖像画がある。
うれしさでも、恥《は》ずかしさでも、怖《こわ》さでもない。
言い表せない感情を抱《いだ》いたまま、その作品を探して進んでいく。
順路を半分ほど進んだとき、壁《かべ》にかけられた一枚の絵画の前で足を止める。
「あった……」

美紅は思わずつぶやいた。

窓から射《さ》しこむ夕陽《ゆうひ》に照らされた少女の横顔。

それはまさしく自分の顔だった。

まっすぐ前を向いた瞳は輝《かがや》きに満ちていて、頬は心なしか紅潮しているように見える。

デッサンの最中、悠人の手が自分の前髪《まえがみ》に触《ふ》れたときのことを思い出す。

悠人に触れられ、はち切れそうなほど鼓動《こどう》が高鳴ったあの瞬間。

あのときの心臓の音が絵の中から聞こえてくるような気がした。

キャンバスの中にいるのは、まぎれもなく悠人に恋をしていた自分自身だった。

「月島悠人」と作者名が書かれたプレートを見ると、タイトルは「初恋《はつこい》」とつけられている。

「じゃあ、初恋の相手のことを思い出してみて――」

頭の中で悠人の声がよみがえる。

「初恋の人って……目の前にいるよ——……」

こみ上げてくる感情をおさえることができず、両手で顔を覆《おお》って泣きじゃくる。

周囲の人からの怪訝《けげん》な視線にも構わず、美紅は声を殺して泣いた。

気がつくと、美紅は美術館を飛び出して走っていた。

人混《ひとご》み、ショーウインドウ、信号機、広告看板。

街並みが涙《なみだ》で滲《にじ》んだ視界のすみに消え去っていく。

どこに向かえばいいのかもわからない。当てもなく、心の赴《おもむ》くままに走り続けた。

（たとえ悠人先輩《せんぱい》にとってのピエロでもいい。一年でも、二年でも、それ以上でも。ずっと待ち続けていたい。私はやっぱり——……）

段差につまずき、勢いよく転ぶ。通りすがりの人たちが心配そうに見守る中、体を起こして空を見上げると、心の中で叫《さけ》んだ。

（やっぱり、悠人先輩のことが好き……!!）

ビルの額縁《がくぶち》で囲われた青空が頭上に広がっている。


悠人に会いたい——。

その思いは遥《はる》か天に舞い上がり、宇宙にまで届くような気がする。

立ち上がって服についたほこりをはらいのけると、美紅はまた前を向いて走り出した。


病院のベッドで雑誌を読む麗華と、その横で美術書を読む悠人。

二人は病室で穏《おだ》やかな時間を過ごしていた。ベッドの隣《となり》には、完成間近のマツバボタンの絵がイーゼルに立てかけられている。

悠人は横目で麗華の顔を見つめた。こんなに元気な様子なのに、いつ容態が急変してもおかしくない。花のように儚《はかな》い麗華の命を思い、悠人の胸は張り裂《さ》けそうになった。

「ねえ、悠人、みてみて！　二〇一二年の五月に、日本で金環《きんかん》日食が観測できるんだって！」

麗華が読んでいた雑誌のページを見せてきた。

「金環日食？」

「太陽が月に隠《かく》れて起きる現象が日食で、太陽のほうが月よりも大きく見えるときに起こる日食が金環日食なのです」

麗華はさっき雑誌で知ったばかりの知識を得意気に披露《ひろう》する。

「へえ……俺ちょっと天体のことはよくわかんないや……」

「ええ、ノリ悪いなあ……太陽が満ち欠けして輪っかになったり、昼間なのに空が暗くなったりするんだよ⁉　一生に一度見られるかどうかの大イベントだよ⁉」

身ぶり手ぶりを交えて、麗華はその天体ショーの偉大《いだい》さを説明した。

すぐに雑誌に視線をもどし、過去に海外で観測された日食の写真をうらやましそうに眺《なが》める。

「いいなあ……見てみたいなあ……」

「な……何言ってんだよ！　一緒《いっしょ》に見られるに決まってんだろ！」

さみしそうな麗華の目を見て、悠人は必死に明るい声で語りかける。

「本当？　じゃあ、約束ね！」

悠人の顔を見て、麗華はうれしそうに笑った。

「ああ、約束だ。その金環日食、一緒に見よう―

二人はお互いの手をそっと重ね合わせる。

「三年後か。その頃《ころ》はきっと俺たち大学生だな。どんな大学生活送ってるんだろうなー」

突然《とつぜん》、麗華が表情を曇《くも》らせ、重ねた手を強く握《にぎ》りしめてきた。

悠人は立ち上がって麗華の肩《かた》に手をそえる。

「お、おい……麗華、どうしたんだよ。具合悪いのか……？」

「ううん……」

首を小さくふり、麗華は消え入るような声でつぶやいた。

「私、もう死ぬのはこわくないって思ってた……でも、悠人と一緒にいられない未来を想像したら……やっぱり、こわい――……」

「麗華……」

麗華の目から大粒《おおつぶ》の涙が次々と流れ、二人の手の上に落ちた。

「私……まだ悠人のそばにいたいよ……」

太陽のような笑顔《えがお》の裏側にある麗華の悲しみ。

自分にはどうすることもできない無力さと、救われない運命を恨《うら》んだ。

悠人は麗華の頭を両手で包みこんで抱《だ》き寄せた。

「俺……ずっと麗華のそばにいる……絶対はなれないから……」

絶対に泣いてはいけない。

そう自分に言い聞かせ、くちびるを震《ふる》わせながら天井《てんじょう》を見上げる。

瞳《ひとみ》にたまった涙で視界が滲んでいく。


時計台の前で、悠人は手のひらを見つめ、麗華との約束を思い出していた。

気持ちをはっきりさせないせいで涼子を傷つけ、美紅を悲しませる結果になってしまった。

その罪を償《つぐな》うためか、自らの気持ちに終止符《しゅうしふ》をうつためか、わからないまま悠人は何かを待ち続けた。

二人組の少女が横目で悠人を見ながらヒソヒソと会話をしている。

「ねえ、見て。また今日もあの人あそこにいるよ」

「しっ、見ちゃだめ！　気づかれるよ！　行こ！」

少女たちは逃《に》げるようにその場を去っていく。

時計台の時刻は十七時をまわっていた。悠人がここに来て、二時間以上が経《た》っている。

どれだけ待っていても、何かが変わるわけではない。

そうわかっていても待ち続けるだけの運命。

きっと、涼子も美紅も同じような気持ちで待ち続けていたに違《ちが》いない。

街を行き交《か》う人々、頭上を流れる雲さえも、自分のことを嘲笑《あざわら》っているような気がした。

「私は先輩にとってただのピエロ……都合の良い存在なんですよね——」

美紅の言葉を思い出す。

「ピエロ……か……」

（麗華の幻影《げんえい》に縛《しば》られて、同じ場所で行ったり来たりしているだけの俺こそが、憐《あわ》れなピエロだ……）

悠人は空を見上げた。西に傾《かたむ》いた太陽が、さみしげにポツリと浮《う》かんでいる。一点の陰《かげ》りもなく降り注ぐその光を、眩《まぶ》しそうに眺めることしかできない。

（待ち続けるのは、今日で終わりにしよう……）

そのとき、目の前で立ち止まる人影《ひとかげ》があった。

見覚えのある白いパンプスが悠人の視界に入り、そっと顔を上げる。

「美紅――……」

悠人の視線の先には、息を切らして立ちつくす美紅がいた。

広場の雑踏《ざっとう》だけが、二人を包みこんでいる。

長い沈黙《ちんもく》を破り、ようやく口を開いたのは悠人だった。

「待たせてごめん……」

その言葉の意味をかみしめながら、美紅は目をふせる。

今のちぐはぐな状況《じょうきょう》を、美紅は少しおかしくも感じていた。

「待たせたのはこっちです……」

二人はまた黙《だま》りこむ。

気持ちを正しく伝える術《すべ》がなく、いたずらに時が過ぎるのを待つことしかできない。

「毎週、日曜日……ここに来てたんですね……」

美紅の問いかけに、悠人は何も言わずうつむいた。

時計台の前でただ呆然《ぼうぜん》と立ち続ける姿が、いつかの自分自身と重なる。

「悠人先輩《せんぱい》、不器用すぎます……」

「……涼子や陽平にもよく言われるよ……」

悠人はバツが悪そうに苦い顔をした。

「麗華さんのことや、小野寺先輩のこと、ちゃんと話してくれれば……」

美紅の言葉に、悠人は一瞬《いっしゅん》驚《おどろ》いた表情を浮かべ、すぐに納得《なっとく》した様子をみせた。

「そっか……涼子から聞いたのか……」

「はい……」

夏休み最初の日曜日とあって、駅前広場は大勢の人であふれている。

カップルも友達同士も、誰《だれ》もが楽しそうにそれぞれの目的地へ向かっていく中、同じ場所に立ちすくみ、真剣《しんけん》な顔で話をする美紅と悠人の姿は異様に映っただろう。

「あと一年待ってほしいって……麗華さんとの約束が関係しているんですよね……？」

東の空にうっすらと見える月を、悠人はさみしそうな目で見つめた。

「来年の五月に日本で観測される金環《きんかん》日食。二人で一緒に見ようって、麗華と約束してたんだ……」

「金環日食……？」

悠人の絵に描《えが》かれた輪っかに輝《かがや》く月が思い出される。

あの絵は夜空を描いたものではなく、日食を描き出したものだったのだろうか。

「その約束をした五日後。麗華は息を引き取った」

悠人はそう言って下を向いた。

大好きな人と一緒《いっしょ》にいたい。

その願いがかなわずにこの世を去った麗華のことを思い、美紅は胸に手をあてた。

「涼子が言うとおり、俺は麗華の幻影に縛られて、現実を受け止められずにいた。そんな自分のことが嫌《いや》だったんだ」

過去の自分を思い返すように目を細めながら、悠人は静かに続ける。

「でも……約束の日をむかえれば、この気持ちの鎖《くさり》を解くことができると思ってた……」

亡《な》き麗華の姿を探し求め、自分の気持ちを解放するために約束の日を待ち続ける悠人。

美紅の頭の中にあのピエロのオルゴールが浮かぶ。

自分にそっくりだと思っていた憐れなピエロ。

それはむしろ目の前にいる悠人の姿と重なって見えた。

「そして、自分のことばかり考え、気がつけば美紅のことを傷つけてしまっていた……」

悠人は自分の影《かげ》を踏《ふ》みつけるようにスニーカーを履《は》いた足に力をこめた。

美紅は目を閉じて、さっき見た肖像画《しょうぞうが》を思い出した。

自分の中にある悠人への想《おも》いをしっかり確かめると、静かに目を開ける。

(もう迷わない……)

「悠人先輩。私、先輩のこといつまでも待ちます。一年だろうと、何年だろうと……」

ゆっくりと息を吸い込み、美紅は続けた。

「だから——……」

悠人が顔を上げて美紅の顔を見つめる。

「だから……先輩の隣《となり》にいさせてください」

たとえどれだけ時間がかかっても、どれだけ傷つくことがあっても、いつまでも麗華への気持ちが消えることがなくても……。

自分の心の中にある、たしかな気持ちに正直でいたい。それが美紅の出した答えだった。

「美紅……ありがとう……」

　悠人に向けた美紅の眼差《まなざ》しは、肖像画と同じように輝きに満ちていた。

「俺、不器用だから……不器用なりに自分の気持ち伝えるよ……」

　悠人は自分の手の平に視線を向け、強く握《にぎ》りしめる。

　何かを断《た》ち切るように。

　あるいは、何かを優《やさ》しく包みこむように。


「俺、美紅のことが好きだ」


　悠人の迷いのない声に、美紅の鼓動《こどう》が高鳴る。

　教室の扉越《とびらご》しに聞いたときには届かなかった心の奥底へ、たしかに伝わっていた。

　悠人の本当の気持ち。

　今の美紅には、それ以上の言葉は必要なかった。

二人は歩み寄り、静かに抱《だ》きしめ合う。

時計台は十八時を告げる鐘《かね》を鳴らし、その音は二人を祝福するかのように空へ響《ひび》き渡《わた》った。

世界は音と色彩《しきさい》をなくし、美紅と悠人だけの時間がゆっくりと流れていく。


地球は何も知らない顔で淡々《たんたん》と回りつづけ、季節を運んでいった。

幸せな時間も悲しい記憶《きおく》も、すべてを平等に抱《かか》えたまま。

月島悠人様

いかがお過ごしでしょうか？　私は今、病室で手紙を書いています。

悠人がこの手紙を読んでいるということは、きっと私はもうこの世にいなくて、なおかつ、あなたが私のせいで前に進めない状況にある……ということだと思います。

「なんでそんなことわかるんだ」って？

なぜなら、そうなったときにこの手紙を悠人に渡してくれるよう、陽平に頼《たの》んだからです。

良い親友を持ちましたね。

さて、それでは本題です。伝えたいことはひとつだけ。

私が死んだら、私のことは忘れてください。

悠人と付き合ったこの二年間。一生分の幸せをもらいました。
これ以上、想ってほしいなんて言ったら神様からバチが当たってしまいます。
私が安心して天国で暮らすためにも、全部忘れて、前を向いて歩いてください。
たくさん笑って、たくさん泣いて、誰かを好きになってください。

この手紙が必要ないくらい、楽しく日々を過ごしてくれていることを願っています。

追伸　そういえば、今日、マツバボタンの絵が完成しました。気に入ってくれるといいな。

二〇〇九年五月十六日　皆森麗華

エピローグ

月日は流れ、やがて美紅が高校生になってから二度目の春がおとずれた。

机の上に置かれたカレンダーは五月のページが開かれている。


美紅はいつもより早い時間に目を覚まし、ベッドから這《は》い出た。

目をこすりながらカーテンを開けると、窓の外はぼんやりと明るい。

天気予報では曇《くも》りと言われていたが、今は晴れ間が広がっている。

机の引き出しから凛と一緒に買いに行った日食観測用のサングラスを取り出し、グラス越《ご》しに太陽を眺《なが》めた。

ちょうど月がかぶさり、太陽の輪郭《りんかく》が欠けはじめている。

「わあ……」

今まで目にしたことのない光景に、美紅は思わず声を上げた。

学校の準備を終えて朝食をすませると、食事中の父親に「いってきます！」と元気に挨拶《あいさつ》をした。

「うん、気をつけて」

いつもどおりの返答がかえってくる。

父親が見ているニュース番組は、めずらしく日本で観測できる金環《きんかん》日食の話題で持ち切りだった。

「太陽を直接見る際は、必ず日食グラスを通して観察してください」

ここ何日か耳にする警告を、アナウンサーがくり返している。スタジオには天文学者が呼ばれて日食の仕組みを説明し、各地で観測を楽しむ人の様子が中継《ちゅうけい》で映し出されている。

日本全国がこの非日常なイベントに夢中になっていた。

家を出ていつものコンビニへ向かうと、凛が先に着いていた。

「日食！　すごいね!!」

凛は美紅の顔を見ると開口一番に言った。

「うん、晴れてよかったよね！」

二人は鞄《かばん》から日食グラスを取り出し、天を仰《あお》ぐ。

月が太陽に完全にかぶさり、まさに光の輪になっている。

「すごい……」

しばらくの間、二人は幻想的な天体ショーにみとれていた。

「こうやって見てるとさ、地球や月も動いてるんだなーって実感するよね」

食い入るように見上げたまま、凜がつぶやく。

（今、悠人先輩《せんぱい》もきっとどこかでこの空を見てる……）

美紅は悠人が描《か》いた金環日食の絵を思い出していた。

（きっと、麗華さんと一緒《いっしょ》に――……）

夜景が見える高台の公園で、マツバボタンの絵を携《たずさ》えて日食を眺める悠人。

その姿を想像しながら、美紅は優しく微笑《ほほえ》んだ。

「凜、そろそろ学校行こっか！」

美紅は日食グラスを鞄にしまいながら言った。

「うん！　美紅、今日部活行く？」

「あっ、ごめん、今日は……！」

両手を合わせて謝るポーズをとる。

「あ、そっか。これは失礼！」

すぐに察した様子で凜は自分の頭を小突《こづ》いた。

薄暗《うすぐら》い空の下、二人は駅に向かって歩き出した。


月はゆっくりと太陽の上を通り過ぎ、やがて空はいつもの表情を取りもどす。


授業を終えて凜と別れた美紅は、電車を乗り継《つ》いで二ノ宮駅へ向かった。

今朝の騒《さわ》ぎが嘘《うそ》だったかのように、街ゆく人たちはすっかり日常生活にもどっている。

駅前広場に到着《とうちゃく》すると、時計台が変わらない姿で出むかえてくれた。

「よし、十六時ぴったり」

時刻を確認《かくにん》した美紅はニコッと笑ってつぶやいた。

広場では相変わらずたくさんの人が待ち合わせをしている。

美紅はその中に交じると、鞄から美術の参考書を取り出して読みはじめた。

穏やかな風が美紅の耳元をなでていく。

暖かい陽射《ひざ》しに照らされ顔を上げると、今朝日本中の注目を集めた太陽が雲の隙間《すきま》からのぞいている。

今はもう空を見上げる人は見あたらない。

（私たちは太陽や月のように、同じ場所をぐるぐると回るだけの運命なのかもしれない）

手を額にあてて影《かげ》をつくりながら、美紅は目を細めた。

（でも、たとえそうだとしても……私は悠人先輩のそばを回り続ける存在でいたい――……）

雲が流れ、太陽が隠《かく》れていく。

美紅は本に視線をもどし、また読書をはじめた。

「美紅！」

声のほうを向くと、そこには息を切らした悠人の姿があった。

「ごめん！　遅《おそ》くなった！　ゼミの講義が長引いちゃって……！」

時計は十六時十四分を指している。

「もう、悠人先輩、待ちくたびれましたよ！」

美紅は本を閉じると、笑顔《えがお》でこたえた。

そんな二人を気にする様子もなく、時計の針は淡々《たんたん》と回り続けている。

あとがき

原曲の楽曲制作と、この本の執筆《しっぴつ》をさせていただきました、40mPと申します。

この度《たび》は小説を手にとっていただき、誠《まこと》にありがとうございます。


「からくりピエロ」は二〇一一年に発表した初音《はつね》ミクによるオリジナル曲で、私の代表作のひとつです。思い入れの強い曲であることから、ノベライズするなら自分の手で書き上げてみたいと考え、今回、はじめての小説執筆に挑戦《ちょうせん》させていただくことになりました。

普段《ふだん》、作詞で書く文章は一曲あたりせいぜい一、二ページ分。小説はその百倍以上。はじめての執筆活動は想像以上に大変でした……（遠い目）

物語を考える際に、まず意識したのは歌いはじめの「待ち合わせは二時間前で」というフレーズです。

MVにも登場する、初音ミクが時計台の前で立ちつくすシーン。

なぜ、ミクは待ちぼうけすることになったんだろう？

六年前に作詞し、何度も歌ってきた歌詞を見つめ直すところから創作はスタートしました。

楽曲では「悲しい失恋《しつれん》」が歌われていて、MVはミクの泣き顔で幕を閉じます。しかし、どうしても物語の最後はミクに笑ってほしいと思い、今回のようなお話に行きつきました。機会があれば別のストーリーでも書いてみたいなとも思っています。色々な解釈《かいしゃく》で楽しんでいただける楽曲であれたら嬉《うれ》しいです。


最後に、本作にお力添《ちからぞ》えいただいた皆《みな》さまへ心から感謝申し上げます。

イラストを担当された、たまさん。いつも忙《いそが》しい中、引き受けてくださってありがとうございます。大切な作品が、たまさんの絵で彩《いろど》られることを嬉しく思っています。

MVのイラストを制作された、ヤマコさん。動画を制作された、√Effectさん。物語をつくるにあたってたくさんのインスピレーションをいただきました。

編集部の担当様。はじめての執筆で不安も多くありましたが、手厚くサポートいただけたおかげで、満足のいく作品を書き上げることができました。

そして、この本を手にとってくださった皆さま。本当にありがとうございます。

今後も音楽活動を中心としつつ、またいつか、こうして本の中でお会いできる日が来るよう日々精進《しょうじん》してまいります。

「からくりピエロ」の感想をお寄せください。
おたよりのあて先
〒102-8078　東京都千代田区富士見1-8-19
株式会社KADOKAWA　角川ビーンズ文庫編集部気付
「40mP」・「たま」先生
また、編集部へのご意見ご希望は、同じ住所で「ビーンズ文庫編集部」
までお寄せください。

からくりピエロ

40mP

角川ビーンズ文庫　BB509-1　20517

平成29年9月1日　初版発行
平成31年2月25日　7版発行

発行者――三坂泰二
発　行――株式会社KADOKAWA
〒102-8177　東京都千代田区富士見2-13-3
電話 0570-002-301（ナビダイヤル）
印刷所――旭印刷　製本所――BBC
装幀者――micro fish

ISBN978-4-04-105829-9 C0193 定価はカバーに表示してあります。

原案／40mP
著／西本紘奈
イラスト／たま
僕は有罪《ギルティ》？
恋愛裁判《れんあいさいばん》
超人気！40mP×たまが贈る、
胸キュン・ボカロ恋ウタを
完全小説化!!
クリプトン・フューチャー・メディア公認
歌楽坂高校１年の美空は、裁判官にあこがれる優等生。なぜか学校の人気者、バンドマンの柊二と“仮”交際することに。だが、柊二の「浮気」現場を見た美空は…!?
絶賛発売中！
ill. by たま © Crypton Future Media, INC. www.piapro.net piapro

●角川ビーンズ文庫●

第18回
角川ビーンズ小説大賞
カクヨムからも応募できます！
原稿募集中！
ここが「作家」の第一歩！
賞金
大賞100万円
優秀賞 30万円
奨励賞 20万円
読者賞 10万円
締切
郵 送：2019年3月31日（当日消印有効）
WEB：2019年3月31日（23:59まで）
発表
2019年9月発表（予定）
応募の詳細は角川ビーンズ文庫公式HPで随時お知らせいたします。
https://beans.kadokawa.co.jp/
イラスト／たま